CYRIL MASSAROTTO

Né en 1975, Cyril Massarotto a d'abord écrit des paroles de chansons pour son groupe, Saint-Louis, avant de se sentir à l'étroit dans l'exercice. Il passe donc à la vitesse supérieure et se lance dans l'écriture. Un an plus tard, alors qu'il surfe sur le Net dans un bain bien chaud, une phrase résonne dans sa tête : « Dieu est un pote à moi. » Il sait alors qu'il tient son roman. Publié aux éditions XO, le livre a reçu le prix Méditerranée des lycéens en 2009, et a conquis le public, ainsi que *100 pages blanches* et *Je suis l'Homme le plus beau du monde*, parus chez le même éditeur.
Cent pages blanches est en cours d'adaption à la télévision.

CENT PAGES BLANCHES

DU MÊME AUTEUR
CHEZ POCKET

DIEU EST UN POTE À MOI
100 PAGES BLANCHES

CYRIL MASSAROTTO

CENT PAGES BLANCHES

XO ÉDITIONS

Le papier de cet ouvrage est composé de fibres naturelles, renouvelables, recyclables et fabriquées à partir de bois provenant de forêts plantées et cultivées durablement pour la fabrication du papier.

ISBN : 978-2-266-20424-8

« Si vous le permettez, je vais procéder à la lecture des dernières volontés de votre grand-père. »

Bien sûr qu'on le permet ! J'ai l'impression qu'on attend depuis des heures qu'il se décide enfin, monsieur le notaire. *A priori*, moi, j'aurais dit « le notaire » tout court, mais, quand on est entrés dans son bureau, il nous a annoncé : « Bonjour, je suis monsieur le notaire. » Étrange de se présenter de la sorte, monsieur doit avoir une haute opinion de lui-même. Ma foi…

On a tous fait oui de la tête quand il nous a demandé si on voulait qu'il lise, mais il n'a pas dû comprendre parce que là, c'est reparti, il ne dit plus rien. Je ne sais pas ce qu'il attend. Je regarde mes sœurs en espérant que l'une d'elles intervienne pour qu'il enchaîne, mais elles sont dans l'expectative comme moi, suspendues à ses lèvres.

Les secondes s'égrènent. Et il ne se passe toujours rien.

Finalement, comme si un être invisible avait appuyé sur le bouton *marche* caché quelque part dans son dos, il se remet en mouvement, et décachette une enveloppe pour en sortir le précieux manuscrit. Je regarde mes sœurs, et me surprends à penser qu'elles se ressemblent toujours autant. J'étais tellement fier à l'époque d'avoir deux grandes sœurs, des jumelles en plus, qui me maternaient, me protégeaient. Aujourd'hui, comble de malchance, nous sommes devenus adultes. Des adultes qui savent que leur avenir peut changer à l'instant où ce petit homme en costume sombre aura fini sa lecture. Je vois dans les yeux de mes sœurs le mélange d'appréhension et d'espoir qu'il fait naître en elles.

Moi, je m'en fous.

Je ne m'attends à rien, je n'attends rien. Juste qu'il parle, et qu'on en finisse.

« Moi, Sylvio Mach, sain de corps et d'esprit, lègue à ma petite-fille Marie la moitié de mes avoirs, ainsi que la villa de Padova. »

Je la sens soulagée. Je fais un rapide calcul : la moitié de l'argent, disons six cent mille euros au bas mot, plus la maison de maître de Padoue, qui doit en valoir autant. Ou plus peut-être ? En tout cas, Marie est à l'abri maintenant.

La seule chose qui m'ennuie, c'est qu'entre son travail et ses enfants, elle ne pourra pas s'occuper de la maison. Alors, j'ai peur qu'elle ne la vende. Pour moi, cette maison, ce n'est pas de l'argent, ce sont des souvenirs d'enfance. Les vacances en Italie, je les attendais toute l'année, et la veille du départ, au moment du coucher, je m'endormais déjà des images plein la tête, la lumière douce de la cheminée en pierre qui faisait danser les ombres sur les murs du salon, m'imaginant grimper les escaliers qui montaient à pic vers l'immense grenier où je trouvais toujours les meilleures cachettes, entre les vieux tableaux, les coffres remplis de costumes traditionnels et la collection de mandolines de papi. Dans mon demi-sommeil, je sentais déjà la chaleur de là-bas sur ma peau, et j'entendais l'accent, aussi. Sitôt la frontière franchie, papi n'était plus le même : il disait « *Bella, ma che bella !* » à toutes les femmes qui croisaient son chemin, et il passait la moitié de son temps au volant à échanger ce que je devinais être des noms d'oiseaux avec les autres automobilistes. J'avais beau ne pas comprendre la langue, il est des gestes qui ne trompent pas. Surtout en italien. Je me souviens de la fille du voisin qui insistait pour que je joue à la marelle avec elle, de la vieille femme en noir perpétuellement assise sur le banc d'en face, de son visage raviné et de ses mains tremblantes, écossant des haricots au-dessus d'un torchon troué… Rien que du passé. Des images d'avant. Dans une maison qui appartiendra sans doute bientôt à quelqu'un d'autre.

La voix du notaire me ramène à notre funeste cérémonie :

« À ma petite-fille Solène, je lègue l'autre moitié de mes avoirs, ainsi que mon appartement de la rue Monte-Cristo. »

Elle lâche la mèche de cheveux qu'elle entortillait depuis tout à l'heure et laisse tomber ses bras le long de son corps. J'ai l'impression de la voir s'affaisser dans le fauteuil, comme alourdie par l'argent qui va bientôt remplir ses poches. La voilà riche. Je suis content, elle mérite de ne plus se faire de souci, vu comme elle s'est occupée de papi.

Solène, lorsque j'étais enfant, je l'appelais *Soleil*. Ça la faisait rire. Quand on n'arrivait pas à différencier les jumelles, il suffisait de regarder laquelle arborait constamment un grand sourire et on savait que c'était elle. Solène, soleil. Le surnom lui allait bien : elle m'éclairait de sa joie de vivre.

Allez, c'est mon tour maintenant. Je me redresse un peu sur mon fauteuil, et attends le verdict. Je tourne la tête vers mes sœurs pour leur lancer un sourire retenu, mais je constate qu'elles me regardent avec un drôle d'air. Marie prend une grande respiration et se lance :

« Je suis désolée pour toi, sincèrement. »

Et là, tout me vient en un instant : une moitié plus une moitié égale tout. La maison plus l'appartement égale… plus rien. Plus rien pour moi. Il leur a tout donné.

Je ne sais qu'en penser. J'avais beau ne rien vouloir, par principe, parce que j'aurais préféré garder mon grand-père qu'avoir son argent, je suis déçu. Non, je suis triste. Quand on est mort, qu'on ne peut plus aimer, il me semble que la seule manière de montrer son affection est de laisser quelque chose, une partie de ce qu'on a construit. Manière de vivre encore un peu à travers ceux qu'on aime. Pourtant, il ne m'a rien laissé pour le faire vivre encore un peu. Il faut croire que mon grand-père ne m'aimait pas.

Le notaire nous rappelle sa présence par un raclement de gorge, et reprend sa lecture :

« À mon petit-fils, je lègue… »

Il va me léguer quelque chose ? Mais quoi ? En tout cas, à voir la tête de l'homme de loi, je crains le pire. Il semble mal à l'aise, et me considère avec une sorte de sympathie assez déroutante de la part d'un type comme lui, qui doit être habitué aux déceptions, aux embrouilles, aux sales coups.

« … je lègue mon carnet. »

Il décachette une autre enveloppe, pose le carnet sur la table et, du bout des doigts, le fait lentement glisser vers moi. Je reconnais ce carnet, évidemment. Sa couverture en cuir marron, que je sais vieille mais qui brille comme si elle était neuve tant papi l'a nettoyée, briquée, entretenue des heures durant. Il y a toujours les vieux élastiques autour, qui le tiennent bien fermé, comme pour protéger ce qu'il renferme. Piqué par la curiosité, je m'en saisis et l'ouvre. Je ne le feuillette pas longtemps, juste assez pour me rendre compte qu'il n'y a rien d'écrit dessus. Pas un mot, pas une phrase. Juste des pages blanches, numérotées de 1 à 100.

Je suis dépité.

« Je ne veux pas de ce truc.

— Vous en êtes certain, monsieur ? Auquel cas, vous devez entamer une procédure de renonciation à la succession. Je peux vous fournir immédiatement une partie des formulaires, mais sachez qu'il faudra tout d'abord…

— C'est bon, laissez. Je le prends, votre foutu carnet… »

Je le mets dans la poche intérieure de ma veste et sors du bureau en vitesse. Sur le trottoir, j'entends mes sœurs qui m'appellent. Je m'arrête, me retourne et les vois courir vers moi. Elles me prennent dans leurs bras, instinctivement, me disent leur incompréhension, leur tristesse, leur rancune envers papi. Elles me rassurent, m'affirment que je n'ai rien fait pour mériter ça.

Elles s'éloignent un instant pour discuter, échangent quelques paroles à voix basse, parsemées de hochements de tête, et reviennent vers moi :

« On ne sait pas ce qui a pris à grand-père de te faire un coup pareil, c'est injuste. Il perdait un peu la boule sur la fin, c'est vrai, avec son carnet, il ne sortait plus, il ne voulait plus voir personne. Ce n'est pas ta faute. Alors, on s'est mises d'accord toutes les deux, et on va partager l'argent avec toi.

— C'est gentil, mais vous savez bien que…

— Plus un mot ! C'est décidé. Et ne t'avise pas de refuser ! »

À peine rentré chez moi, je m'assois sur le canapé, vide mes poches sur la table basse et allume la télévision dans l'espoir de ne penser à rien. J'ai bien fait de prendre ma journée, j'aurais été incapable de bosser aujourd'hui, d'être agréable, d'avoir l'air concerné, de faire semblant. Pourtant, les images défilent sans que je les voie vraiment ; ma précieuse lucarne ne parvient pas à faire son effet. Je décide de m'allonger, pour que le sommeil vienne effacer cette journée, ainsi que les précédentes : le coup de téléphone de l'hôpital, le corps froid de papi, l'enterrement, les larmes de mes sœurs, les miennes. Dormir effacera peut-être ce tristement banal cauchemar, cette malédiction qu'on appelle *l'ordre des choses*.

À mon réveil, je suis heureux de constater que le sommeil a silencieusement dévoré quatre heures de mon après-midi. C'est toujours ça de pris, ou plutôt d'enlevé. Mais je ne pensais pas dormir autant, et me voici presque en retard pour le restaurant. J'ai promis à Marie et à Solène de les y rejoindre, elles ont insisté pour qu'on dîne ensemble, pour parler m'ont-elles dit, simplement pour être tous les trois.

Il est trop tard pour me doucher, je me contente d'un peu d'eau sur le visage, de vêtements de circonstance, de parfum.

Au moment de fermer la porte, le carnet sur la table attire mon regard. Je crois que c'est pire que si je n'avais rien eu. Qu'il ne veuille rien me léguer, soit, mais me laisser moins qu'une miette, des feuilles blanches, c'en est presque cruel.

Putain de calepin.

Je le prends dans ma main, caresse un instant le cuir délicat. Je me sens vide. Alors, je me dirige vers la cuisine et le jette là où il aurait dû se trouver depuis longtemps : au fond d'une poubelle.

Je suis heureux de retrouver mes sœurs pour un moment de plaisir ; cela va nous changer de ces derniers mois. Du moins je l'espère, car, à la plupart des obsèques de personnes dont on sait que la fin était proche, j'ai remarqué une chose : autant on pleure pendant la cérémonie, autant tout le monde se lâche après, quand on se retrouve l'après-midi ou le soir même. Ça plaisante un peu au début, puis ça rit franchement au bout d'un moment. Mais il ne s'agit pas d'un rire forcé, non, plutôt d'un rire obligatoire, nécessaire pour finir d'évacuer le trop-plein d'émotions, de frustrations, de remords, d'absence. Le trop-plein de larmes, surtout.

Pleurer de rire après un enterrement, c'est remettre un peu de chaleur dans ses yeux ; ensuite, on peut repartir, et marcher droit devant sans cette buée qui nous empêchait de bien voir.

Ce soir, dans ce restaurant, on n'a pas arrêté de rire tous les trois, limite hystériques. Je crois d'ailleurs qu'on a un peu gâché l'intimité du couple à la table voisine.

Nous nous sommes adonnés à une petite tradition qu'avait instaurée papi : se raconter pour la centième fois les anecdotes les plus drôles d'enterrements de proches. Alors, on a ressassé, tous les trois. La fois à l'église où, pendant son sermon, le curé a prononcé le prénom de papi à la place de celui du défunt ; celle où l'un des porteurs du cercueil, en se penchant pour le déposer en terre, a craqué tout l'arrière de son pantalon face à l'assistance. Et puis notre préférée, celle qu'on ne peut se remémorer qu'avec ceux qui étaient présents ce jour-là car les autres ne nous croient pas : quand le cousin Paul, s'approchant de la tombe de son grand-père pour y jeter la première pelletée de terre, a glissé et est tombé dans le trou béant, allongé pile sur le cercueil. On n'a jamais pu expliquer comment cela était arrivé. Le fou rire collectif a été tel, à ce moment-là, que personne n'a eu le réflexe d'aller l'aider et qu'il a dû s'extraire seul de la fosse.

À la fin de nos récits, on avait un peu honte de rire de telles choses. Mais peu nous importait. Perdre son dernier parent, c'est quand même quelque chose, une étape dans la vie. On n'a plus personne au-dessus de soi, il ne reste que ceux d'à côté, et ceux d'en dessous. Moi, j'aimais bien avoir quelqu'un au-dessus, comme une bonne conscience qui veille sur la mienne, cette présence rassurante qui ne cessera jamais de nous aimer. Un parent qui nous aime, c'est comme un sourire attendri qui plane au-dessus de nos têtes : quand on va mal, il suffit de lever les yeux pour être réchauffé à l'intérieur.

Avec la mort de papi, j'ai perdu mon sourire d'en haut. Heureusement, à côté, il me reste mes sœurs. Au moment du dessert, je leur ai demandé de s'engager formellement à ne pas mourir. Elles m'ont donné leur parole en croisant chacune son petit doigt avec le mien, comme nous le faisions, enfants. Ce serment de l'auriculaire étant sacré depuis toujours dans notre fratrie, me voilà totalement rassuré. Elles resteront à mes côtés.

En dessous, pour l'instant, je n'ai personne. Pas d'enfant. Julia en voulait un, mais moi, je ne me sentais pas prêt. Elle a insisté pendant des mois, et j'avais beau lui demander du temps, j'avais droit à la même scène chaque fois : « Je veux un enfant, j'ai déjà vingt-cinq ans, je le ressens au plus profond de moi ! Tu ne peux pas comprendre, toi, de toute façon tu es égoïste, tu ne veux pas penser à quelqu'un d'autre que toi, mais je suis une femme, et mon horloge biologique me dit qu'il est temps. » Au bout d'un moment, je lui ai dit qu'elle me fatiguait avec son histoire d'horloge ; du coup, un jour, elle est allée demander l'heure au voisin, et elle l'a eu, son enfant.

Avec lui.

L'horreur. Bon, cela ne s'est pas fait aussi simplement, mais ça m'a tout de même assené un coup terrible car je n'avais rien vu venir.

Bien sûr, je l'avais remarqué, le bellâtre, à lui faire des sourires quand on le croisait dans l'ascenseur, à ne regarder qu'elle comme si je n'existais pas. Mais Julia plaisait à tous les hommes, je ne m'étais pas inquiété plus que d'habitude. Et pourtant…

Je crois qu'elle a battu le record du monde de vitesse du déménagement : un étage à monter, seize marches, je les ai comptées. Je suis parti un matin et le soir, hop ! plus rien d'elle. La semaine où c'est arrivé, la concierge s'est fait une fracture de la langue à force d'en parler dans tout l'immeuble. Je l'entendais, la commère, chuchoter à tous les voisins : « Vous êtes au courant pour le petit couple du troisième ? » – comment peut-on chuchoter aussi fort, d'ailleurs, j'entendais tout depuis le pas de ma porte – et les gens qui disaient : « Non, c'est pas possible !…. » avec un air gourmand. Le pire, c'est ceux qui se permettaient d'ajouter : « Ça, je m'en doutais, ça devait arriver », j'avais envie de descendre leur demander s'ils se doutaient de la mandale que j'allais leur mettre en pleine face, mais à quoi bon ? J'ai fait comme si de rien n'était, affichant une dignité de façade, en espérant malgré tout quelque compassion, tendant l'oreille pour entendre un : « Il s'en sort bien quand même » ou un : « Il accuse bien le coup » qui m'auraient un peu ragaillardi.

Tout ce que j'ai entendu, quelque temps plus tard, c'est un : « Vous avez vu comme le ventre de la petite du quatrième s'est arrondi ? Mais si, la jeunette, celle qui était au troisième, avant ! » Quand j'ai vu ledit ventre de mes propres yeux, cette petite bedaine renflée, j'ai déménagé.

C'était trop dur.

À voir Julia afficher un air si épanoui, je me suis même demandé si elle n'en rajoutait pas juste pour me faire souffrir.

Mais je lui souhaite malgré tout d'être heureuse sans moi.

Il m'arrive aussi de souhaiter qu'une jeune et jolie fille ait repris mon appartement, que le bellâtre lui lance des sourires et des regards de braise dans l'ascenseur, et que cette fois-ci ce soit lui qui déménage, un étage en dessous.

Juste pour voir sa tête, à la traîtresse.

Retourner à mon quotidien ce matin n'a pas été si pénible. À mon réveil, j'étais fermement décidé à oublier toute cette histoire. J'avais pris un bon départ, mais, en rentrant du travail, j'ai trouvé un message sur mon répondeur. C'était le notaire :

« Oui, bonjour, ici monsieur le notaire. J'ai un document à vous remettre, mais il faut que nous nous parlions au préalable. Veuillez me rappeler dès que possible, s'il vous plaît. Et ne parler à personne de cet appel. »

Sa dernière phrase m'a intrigué. Un document ? Mais quel document ? Et que peut-il y avoir de secret ?

Il est déjà 18 h 30, je me dis qu'il est peut-être encore à l'étude, mais c'est la dixième fois que j'appelle et cela sonne toujours occupé.

Onzième appel, sa secrétaire décroche enfin et me le passe.

« Vous avez eu mon message ?
— À l'instant.

— Écoutez, la situation est un peu cocasse, mais il s'agit de la volonté de votre grand-père. Je dois vous remettre un dernier document de sa part.

— Donc il y a autre chose pour moi ?

— Oui, une lettre. Il m'a demandé de vous la remettre exactement deux jours après la succession. Cela se passera donc demain. Mais il y a une clause, imposée par lui.

— Quelle clause ?

— Je ne suis autorisé à vous remettre cette lettre qu'à la condition expresse que vous vous présentiez avec le carnet qu'il vous a légué.

— Le carnet ?

— Oui. S'il n'est plus en votre possession, le document sera détruit par mes soins sans que vous en preniez connaissance. C'est ainsi que votre grand-père l'a voulu.

— Euh… Un instant, s'il vous plaît, ne quittez pas ! »

Je pose le combiné et cours vers la cuisine. Si je ne me trompe pas, je n'ai pas encore descendu mes ordures. Je soulève le couvercle de la poubelle, y plonge les mains et fouille parmi les restes et les emballages…

Le carnet est là. Dans un sale état, mais il est là.

« C'est bon, je l'ai toujours.

— Très bien. Je vous propose donc de venir demain, à 18 heures.

— Je viendrai. »

Je retourne dans la cuisine et attrape le carnet du bout des doigts : il est recouvert de marc de café. Je le nettoie soigneusement de la tranche de la main, mais je crains que la couverture ne soit fichue. Ça m'ennuie tout de même, je vais essayer de la ravoir. Je retire la petite protection de cuir et, en dessous, je découvre quelques mots, écrits à l'encre noire :

Un ricordo per pagina

Je ne suis pas expert en italien, mais là, nul besoin d'être bilingue. « Un souvenir par page. » C'est étrange. Ce carnet était-il une sorte de recueil des souvenirs de papi ? Si oui, pourquoi n'y a-t-il rien écrit ?

Je ne sais qu'en penser.

De plus, je suis quasiment certain que cette écriture n'est pas la sienne. Les lettres sont trop rondes, et lui écrivait mal, presque aussi mal que moi.

Un souvenir par page, cent pages blanches. À croire qu'il ne se souvenait de rien.

Il faut dire que ces derniers temps, il s'était mis à délirer, à s'enfoncer dans une folie douce qui nous échappait complètement. Alors, mes sœurs et moi nous sommes occupés de lui à tour de rôle. Elles un peu plus que moi, sans doute. Car j'ai très mal vécu la situation. Veiller sur quelqu'un qui a pris soin de nous pendant si longtemps est à la fois déstabilisant et douloureux. Du coup, je n'allais pas le voir très souvent. Pas assez en tout cas, j'en suis bien conscient.

C'est sans doute pour cette raison qu'il ne m'a rien laissé, pour me punir de l'avoir quasiment abandonné, à la fin.

Il ne pouvait pas savoir que je pensais à lui tous les jours, mais que je manquais de courage pour affronter la situation. Le voir se perdre en lui-même, lui, mon modèle, mon héros, c'était trop dur.

Je ne lui ai jamais dit que je l'aimais ; peut-être parce que je l'aimais trop. Je l'aimais comme s'il était plusieurs.

Je pense que ce trop-plein d'amour est dû à l'absence de mes parents. Enfin, de mes géniteurs, devrais-je dire. Moi, je ne les ai pas du tout connus, et les jumelles croient se rappeler un ou deux moments avec eux. Mais elles n'en sont même pas sûres, ce sont peut-être des souvenirs qu'elles se sont fabriqués avec ce que leur racontait papi. On pourra me dire tout ce qu'on voudra, mais abandonner ses trois enfants – dont un nouveau-né – juste parce qu'on veut aller vivre en Inde dans un trou paumé près de Katmandou, pour prétendument recommencer une vie proche de la nature et en harmonie avec les éléments, c'est lamentable. Un truc de beatniks attardés, d'adolescents irresponsables. Au début, c'était juste pour un an, pour rejoindre une communauté d'ahuris comme eux, ils avaient promis aux grands-parents de revenir. Tu parles, ils ont dû se faire embrigader par un gourou de pacotille avec le front maquillé, et ont sans doute passé quinze ans à fumer de l'herbe bio et à tenir des considérations débiles sur le monde et ses déviances.

D'ailleurs, ils le feraient sans doute encore, s'il n'y avait pas eu l'histoire de la vache.

Peu après mon quinzième anniversaire, papi et mamie nous ont réunis, mes sœurs et moi, pour nous annoncer une « douloureuse nouvelle » : nos parents étaient morts. Il y avait eu de terribles inondations en Inde, et une vache était sur le point de se noyer à quelques mètres de leur maison, ou de leur hutte, je ne sais pas. Mes parents, soucieux de la vie de l'animal sacré, s'étaient joints à un groupe d'Indiens pour tenter de le sauver. Une coulée de boue les a tous emportés. Six morts en tout. La vache, elle, s'en était sortie, seule. C'était aussi stupide que cela. Ils avaient abandonné leurs enfants, mais donné leur vie pour un bovin.

Je me suis levé en forçant un rire aussi théâtral que possible, disant que c'était bien fait pour eux, qu'ils étaient morts aussi bêtement qu'ils avaient vécu.

Je me suis dirigé vers ma chambre, en marchant tranquillement au départ, puis en courant dès que je me suis retrouvé hors du champ de vision de mes grands-parents et de mes sœurs. Alors, je me suis effondré sur mon lit et j'ai pleuré. J'ai pleuré toute ma rancune, mais aussi tous mes secrets espoirs de les revoir un jour. J'ai pleuré nos retrouvailles que j'avais jouées cent fois dans ma tête, leurs remords larmoyants, leur prise de conscience tardive et le ressentiment tenace que je leur aurais fièrement affiché, avec l'air détaché de celui qui a déjà beaucoup souffert, et qui s'est blindé. En vérité, je n'avais jamais véritablement souffert jusqu'à ce jour-là. Le jour où j'ai pleuré toute une partie de mon avenir.

Mais il ne faut pas croire, j'ai été très heureux quand même, toute mon enfance, et presque toute ma vie. Je crois d'ailleurs que si mes grands-parents ne m'avaient pas dit la vérité, je ne me serais rendu compte de rien. Il m'aurait juste semblé que mes parents étaient un peu vieux.

Ça ne fait pas longtemps, finalement, que je ne me sens pas bien, trop seul.

Depuis Julia peut-être. Sans doute.

J'ai passé la nuit à me demander ce que papi m'avait réservé avec cette lettre. C'est étrange, cette mise en scène pour après sa mort, on dirait qu'il a voulu faire son petit effet. Et comme toujours quand on est impatient, les dernières minutes sont les plus longues, donc les plus dures.

Même si je suis un peu en avance, le notaire ne me recevra qu'à l'exact horaire prévu. Il doit fonctionner comme ça dans la vie : le matin, départ de chez lui à la minute près, temps de trajet chronométré, arrivée à point nommé. Ensuite, je suppose qu'il gratifie sa secrétaire de la même phrase chaque jour que Dieu fait, du genre : « Bonjour, Thérèse, comment allons-nous aujourd'hui ? », et la pauvresse de lui répondre « Très bien, monsieur le notaire, très bien », sachant que si ça n'allait pas elle répondrait la même chose, son patron ne désirant pas réellement savoir si elle va bien, mais juste s'assurer que sa journée ressemble à la précédente, ainsi qu'à toutes les autres. Je me demande si tout est réglé de la sorte dans sa vie intime, s'il fait l'amour à sa femme uniquement le samedi, ou bien le 1er de chaque mois.

Quoique, il n'a pas une tête à avoir une femme.

À bien y réfléchir, il n'a pas une tête à faire l'amour non plus.

J'en suis là de mes réflexions quand il apparaît enfin et m'invite à entrer dans son bureau. Il se plante devant moi avec une raideur qui ferait l'admiration du plus zélé des militaires.

« Avez-vous apporté le carnet ?

— Oui, le voici.

— Pouvez-vous me le confier un instant, je vous prie ? Je dois m'assurer qu'il s'agit bien de l'original.

— Et comment le saurez-vous ?

— Votre grand-père m'a laissé ses instructions. Il doit y avoir une phrase écrite en italien sous la couverture.

— Allez-y, vérifiez.

— Elle y est, très bien. Voici donc la lettre qu'il vous a adressée. Vous devez la lire devant moi, et me la rendre ensuite.

— Pourquoi dois-je vous la rendre ?

— Parce qu'une fois que vous l'aurez lue, je la détruirai. Ordre de votre grand-père.

— Et pourquoi ça ?

— Parce qu'il ne voulait pas qu'il reste la moindre trace ni la plus petite preuve au sujet de ce carnet.

— La preuve de quoi ?

— Je l'ignore. Veuillez lire, s'il vous plaît. »

C'est fou, toutes les choses auxquelles on peut penser pendant le très bref instant que dure le décachetage d'une enveloppe. Il faudrait pouvoir mesurer la vitesse du cerveau humain, on serait surpris je crois. Pendant que mes doigts s'activent, je me demande s'il s'agit d'un dernier délire de la part de mon grand-père, ou bien de quelque chose de sérieux. Que pourrais-je apprendre de si secret au sujet de ce calepin ? Je l'ai bien examiné, et je suis certain qu'il n'y a pas de carte au trésor en filigrane, cachée entre ses pages. Il n'est pas en or massif non plus, ça se saurait. Alors quoi ?

Mon petit,

Je suis désolé d'être mort. J'étais persuadé que vivre vieux était le meilleur moyen d'échapper à la faucheuse, pourtant, je dois me rendre à l'évidence, ça n'aura pas suffi. Cela m'ennuie de te laisser seul, mais tu sais, j'en avais un peu assez depuis que ta grand-mère nous a quittés. J'espère que toi et tes sœurs n'avez pas été trop tristes, que vous ne m'avez pas trop pleuré. Je vous aime tellement...

Voilà pour la partie émotion. Maintenant, n'en parlons plus, tu veux bien ? Et revenons à nos moutons. D'abord, si tu lis cette lettre, c'est que tu as gardé le carnet, ce dont je te félicite. J'avais peur, en effet, que sous le coup de la déception tu ne t'en débarrasses. Car je suis bien conscient que tu as dû être déçu ; pourtant, je t'ai laissé un tel trésor qu'avec tout l'argent du monde tes sœurs seraient de toute façon lésées. Comprends bien cela : je t'ai légué le plus précieux des biens, un trésor à la mesure de l'affection que j'ai pour toi. Tu es pressé de savoir, n'est-ce pas ? Ne sois pas inquiet, je vais répondre à ton questionnement.

Mais avant cela, faisons une pause, histoire de ménager le suspense. Lève discrètement les yeux et regarde quelques instants la tête de ce notaire... N'est-il pas burlesque avec son faciès de fossoyeur ? Attention, ne ris pas, il va comprendre que je parle de lui ! Déjà que je craignais qu'il ne lise cette lettre... Moi, j'ai toujours eu envie de lui mettre des chiquenaudes sur le derrière des oreilles, comme on faisait à l'école avec les chouchous de la maîtresse. Mais il est trop vieux maintenant... De plus, au moment où je te parle, je suis techniquement décédé... Tant pis !

Allez, il est temps. Je vais (presque) tout te dire. D'abord, sache que ce carnet m'a été légué par mon père, ton arrière-grand-père, il y a plus de quarante ans. Deux jours plus tard, le notaire me remettait une lettre. Mon père m'y expliquait que le carnet lui avait été légué par sa mère. Moi, je ne l'ai pas connue, mais je sais qu'au village tout le monde l'appelait *fattucchiera,* la *sorcière*. Mon père insistait sur le fait qu'il m'offrait un cadeau qui n'avait pas de prix, alors que nous étions très pauvres. Je me souviens notamment de quelques mots : « Ce carnet ne dévoilera son pouvoir qu'à un descendant de celui qui le détient. Un et un seul. »

Donc c'est à toi que je l'offre. Choisir entre ses enfants n'est pas facile, mais j'ai tout de suite su que c'est à toi que je le donnerais. Dans sa lettre, il me donnait également quelques instructions sommaires, tout en me mettant en garde quant à son utilisation. J'ai cru qu'il était devenu fou, et j'ai rangé ce carnet dans une armoire avec quelques autres de ses souvenirs. Et puis, il y a deux ans, quand ta grand-mère est partie, j'ai ressorti ces vieilleries, par nostalgie, et j'ai compris. Quarante ans avant de comprendre, te rends-tu compte ?

Non, tu ne dois pas te rendre compte pour l'instant... Mais ne fais pas la même erreur que moi, je t'en conjure ! Aie confiance.

Je suppose que tu as repéré les quatre mots en italien. Tu as dû être étonné de découvrir que toutes les pages étaient blanches. Pourtant, avant que je ne meure elles ne l'étaient pas, j'avais écrit sur chacune d'elles. Non, je ne suis pas fou. On va simplement dire que c'est... magique. Son pouvoir est merveilleux. Tu as compris ? Toujours pas ?

Je vais tâcher d'être un peu plus précis que mon père ne l'a été avec moi. Voici ce que tu dois faire de ce carnet : tu le poses sur une table en arrivant chez toi, tu l'ouvres, tu t'armes d'un stylo, et tu écris. C'est aussi simple que ça.

Pour finir, je tiens à te remercier. Merci de m'avoir permis de t'aimer comme un père aime son fils.

Ton grand-père.

P.-S. Souviens-toi de moi...

Qu'est-ce que c'est que cette histoire ? En plus, comme le notaire scrute mes réactions, j'essaie de ne pas montrer mon désarroi en replongeant le nez dans la lettre. J'en profite pour la lire une deuxième fois afin de m'assurer que rien ne m'a échappé, et prends soin de déchirer les feuilles en autant de petits morceaux que possible, histoire d'être sûr qu'il ne pourra rien lire. Puis je le remercie à voix basse, et quitte l'étude.

Eh bien, c'était pire que je ne le croyais... Papi avait vraiment un grain, le pauvre... Il croyait que son carnet était magique, carrément !

Arrivé devant mon immeuble, je suis surpris de voir Mick qui fait les cent pas, téléphone vissé à l'oreille. Quand il m'aperçoit, il ouvre grands les bras :

« Ah, tu es là ! J'ai pas arrêté de t'appeler !

— J'étais chez le notaire, j'ai oublié de rallumer mon téléphone.

— Dans mes bras, mon pote… »

Il m'attire et me serre contre lui.

« Je suis désolé de ne pas avoir été là pendant ces moments difficiles…

— Pas de problème, le boulot, c'est le boulot. Et puis, dix jours en Bulgarie à rechercher les plus jolies filles, ça n'a pas dû être facile pour toi non plus, je m'en doute…

— Ça y est, tu recommences ! »

C'est un petit jeu, entre nous. Je lui rappelle souvent mon envie tenace d'exercer le même job que lui. Ce qui est presque le cas.

Presque.

L'an dernier, je venais de démissionner de mon précédent travail, et ne savais trop vers quoi m'orienter. J'en étais à envisager toutes les éventualités quand, un matin, Mick m'a appelé :

« Je t'ai trouvé un boulot !

— Tu es sérieux ?

— Oui, absolument ! Tu sais bien que la femme du grand patron en pince un peu pour moi, du coup, quand elle m'a parlé de ce poste, je t'ai chaudement recommandé.

— Attends, ça veut dire que je vais bosser… dans ta boîte ? L'agence où tu travailles ?

— Je te le confirme.

— Je ne sais pas s'il est nécessaire que je te le dise, mais tu es le meilleur ami du monde !

— Oui, je sais, je sais… Allez, sérieusement, ça me fait plaisir. D'ailleurs, tu commences lundi. *Ciao*, et fais-toi beau ! »

À cet instant, je tutoyais la félicité la plus absolue. Le job de Mick, j'en rêvais depuis toujours : faire du casting dans une agence de mannequins me semblait le plus doux des emplois. Je l'aurais même exercé de façon bénévole, si cela avait été possible. Je salivais régulièrement devant le récit que Mick me faisait du défilé constant de jeunes beautés à la plastique parfaite.

Et j'allais être payé pour ça.

Le lundi est arrivé très lentement : jamais week-end ne m'avait paru si interminable. Coiffé et rasé de frais, paré de mes plus beaux habits, j'entrai en compagnie de Mick dans l'enceinte de mon bonheur désormais quotidien avec un enthousiasme non feint. Il m'a présenté mes collègues, et quelques minutes plus tard nous étions déjà assis, prêts à recevoir les premières candidates.

Quand la porte s'est ouverte, je suis resté bouche bée.

En effet, la candidate en question était très, très poilue.

Et surtout, elle était à quatre pattes.

En lieu et place d'une superbe jeune fille, j'étais en face d'une chienne. Un labrador, me semblait-il.

Je me suis retourné vers Mick qui a éclaté de rire.

Avant que je puisse dire quoi que ce soit, il s'est levé et m'a lancé :

« Maintenant, je te laisse te débrouiller seul. Moi, je retourne dans mon bureau, à l'étage du dessus ! Tu sais, là où on caste les mannequins, les vraies ! *Ciao*, amuse-toi bien ! »

J'ai hésité un instant entre rire de la situation ou en pleurer. Mais j'ai fait bonne figure et me suis attelé avec le plus grand sérieux à ma tâche : voir défiler devant moi une cinquantaine de chiens. L'élu du jour devait se faire caresser par un vieux monsieur vantant les mérites d'une assurance vie. On nous a donc demandé de sélectionner un chien « d'âge moyen, loyal, fidèle, rassurant pour la cible des seniors » : nous avons choisi un labrador au poil clair. Le premier d'une longue série.

En tout cas, on en a ri des dizaines de fois, et Mick se fait un plaisir de raconter cette anecdote à toutes les personnes que nous rencontrons.

Je l'adore, Mick. C'est comme un frère, on se connaît depuis l'école primaire, et on ne s'est jamais quittés depuis. Il est d'origine italienne lui aussi, forcément, ça crée des liens. Son vrai prénom, c'est Michaël, mais il a tellement été horrifié que les gens l'appellent « Maïkeul », avec l'accent américain à deux dollars, que maintenant, c'est Mick pour tout le monde, pas d'autre choix sinon il se vexe.

Moi, depuis le lycée, je le surnomme *le tombeur*. Mais ça ne lui plaît pas trop car il est un tombeur malgré lui. Parce que son physique de mauvais garçon – il est étonnamment beau, le visage dur, taillé à la serpe, les yeux d'un noir presque inquiétant – n'attirait que des filles en mal de sensations fortes. Alors que Mick, c'est tout l'inverse : calme, romantique, doux, attentionné, et surtout amoureux au bout de dix secondes. Forcément, elles le quittaient tout le temps. Les filles « bien », elles, le fuyaient. Quand il s'amourachait de la petite brune discrète, celle du fond de la classe qu'on n'entend presque jamais, elle le rembarrait, apeurée ; au contraire, la punk aux cheveux rouges avec des épingles à nourrice dans les oreilles lui tombait toute cuite dans les bras. Et vu qu'il n'a jamais su dire non, il sortait avec. Pour être largué deux jours plus tard en se faisant traiter de fils à maman, ou de lavette, au choix.

Alors, depuis quelques années, il cherche la perle rare, celle qui verra en lui l'homme qu'il est vraiment.

Il est comme ça, Mick, il n'y a que l'amour qui l'intéresse. Celui avec un grand A. Un jour, il m'a dit que sa belle gueule était son plus grand regret. Qu'elle l'empêchait de vivre la vie qu'il espérait. Il avait l'air malheureux ce jour-là, et je me suis promis de lui dénicher sa moitié dès que possible. On a passé les trente ans maintenant, je crois que j'ai un peu tardé. Mais je ne perds pas espoir, il le mérite tellement…

« Dis-moi, mon pote, comment tu te sens ? C'était dur je suppose, l'enterrement et tout le reste…

— C'est passé maintenant. Je vais mieux, je suppose.

— Tu veux venir passer quelques jours à la maison ?

— Non, c'est gentil. Et toi, comment était ta semaine ? Tu as trouvé de belles mannequins ?

— Oui, c'était bien.

— C'est tout, juste bien ?

— En fait, j'ai rencontré une fille.

— Ah ! Pendant un casting ?

— Non, elle travaillait à la réception de l'hôtel.

— Elle est bulgare ? Ça ne va pas être facile de vous revoir…

— Non, je sais. Je lui ai fait envoyer des fleurs avant de prendre l'avion, et des chocolats. J'espère qu'elle va m'appeler…

— Mais oui, voyons ! Allez, monte boire un verre, tu vas me raconter tout ça… »

Mick m'a tenu compagnie aussi longtemps que possible, mais j'ai bien vu qu'il était épuisé par son voyage. J'ai dû insister pour qu'il rentre chez lui, même si je le regrette un peu, maintenant. Je me retrouve seul, avec ce carnet pour unique compagnie. Que vais-je pouvoir en faire ? Papi a eu beau délirer avec son histoire de magie, je suis tout de même curieux. Qu'il ait pris un coup de vieux sur la fin, soit ; mais c'était un homme intelligent, cultivé, et pas crédule pour un sou. Je ne comprends pas ce que…

Oh, ce téléphone !

« Allô ?

— Oui, c'est Solène. Tu as l'air énervé, je te dérange ?

— Tu ne me déranges jamais, voyons…

— J'espère bien ! Écoute, je t'appelle parce qu'une chose m'a tracassée toute la nuit : tu es sûr qu'il n'y a rien d'écrit, dans ce carnet ?

— J'en suis certain. Il n'y a que des pages blanches.

— Je trouve ça bizarre… Parce qu'un jour, je suis arrivée chez lui au moment où il finissait sa sieste, et il avait caché le carnet sous son oreiller ! Il l'a sorti et j'ai fait semblant de m'occuper à autre chose, mais je l'ai observé du coin de l'œil. Et je l'ai vu l'ouvrir, comme pour vérifier quelque chose, puis il l'a mis dans la poche de sa veste, l'air de rien. Et c'est ça qui me tracasse : je suis absolument certaine d'avoir vu son écriture en pattes de mouche sur une page…

— Il aura tout effacé, qu'est-ce que tu veux que je te dise ! Super cadeau, hein ? Comme si je t'offrais un flacon de parfum, vide !

— Tu sais, c'est normal que tu lui en veuilles, mais j'ai réfléchi, cette nuit. Je me suis dit que s'il te l'a laissé, c'est que ce carnet avait une vraie valeur pour lui… Tu comprends ? Comme quand un enfant de deux ans t'offre un caillou ou une feuille tombée d'un arbre, c'est un cadeau important à ses yeux… Je pense que pour papi, au vu de sa régression sur la fin, c'était la même chose.

— Je ne sais pas… Oui, tu dois avoir raison, c'est mieux que rien… Allez, bisou, ma sœurette ! »

C'est vrai, ce carnet est tout ce qu'il me reste de mon grand-père. Mais ce qui m'intrigue, c'est que Solène confirme ce que papi m'a dit dans sa lettre : il avait effectivement écrit dans ce carnet…

Je ne comprends plus rien. Qu'avait-il écrit ? Et pourquoi a-t-il tout effacé ?

Bon, quitte à avoir l'air bête, je vais faire comme il me l'a demandé : j'ouvre le carnet, je prends un stylo et j'écris sur la première page. Mais qu'est-ce que j'inscris ? Un carnet magique, on est censé lui dire quoi ?

Je vais mettre ce qui me passe par la tête, on verra bien.

1

Bonjour !

Je ne sais pas ce que j'attends, mais j'attends. Qu'il me réponde, peut-être. Les secondes s'égrènent, et rien ne se passe. J'avais pourtant fait un effort d'écriture, appliqué comme il faut pour être bien lisible.

Rien.

C'est ce que je pensais, papi était…

Oh ! bordel ! C'est pas possible !….

Mon « bonjour » vient de disparaître, là, sous mes yeux ! L'encre a commencé à s'éclaircir, et en moins de deux secondes la page est redevenue blanche ! Le carnet a avalé mon « bonjour » ! Papi ne m'a pas menti, ce carnet est magique ! Bon sang, c'est incroyable !

Faisons le point : il se passe en effet quelque chose d'étrange avec ce carnet. Mais s'il est le plus précieux des trésors, ce n'est certainement pas parce qu'il efface ce qu'on écrit ! Là, ce serait du niveau d'un farces et attrapes. J'ai donc fait une erreur quelque part. Ce carnet ne communiquera pas avec moi. Papi m'a dit avoir écrit sur toutes les pages, je le sais maintenant, alors peut-être que ce qu'il avait consigné est resté jusqu'au moment de sa mort, et a disparu ensuite… Ou bien tout s'est effacé une fois qu'il avait écrit sur les cent pages ?

Je ne sais pas quoi faire.

Solène m'a mis sur la voie tout à l'heure, peut-être que…

« Allô, Marie ? C'est moi.

— Comment tu vas, petit frère ?

— Bien, merci. Je voulais te parler de papi et de son carnet.

— Cette histoire te tracasse tant que ça ?

— Oui. Je viens d'avoir Solène qui m'a confirmé qu'elle avait vu des choses écrites dedans. Et maintenant, je la crois parce que, euh… bref, je pense que c'est vrai.

— Je ne vois pas du tout où tu veux en venir !

— Je me demandais si papi t'avait déjà parlé de ce carnet.

— Non, je ne crois pas.

— Réfléchis encore.

— Il y a bien cette fois où je l'ai taquiné un peu, mais ça n'a pas grand intérêt, à mon avis…

— Dis toujours !

— Eh bien, au début, quand on s'étonnait tous qu'il garde ce truc comme une relique, je lui ai demandé, l'air de rien : "Dis, papi, tu es en train de nous écrire un roman, c'est ça ?"

— Et donc ?

— Et donc il a eu comme un blanc, il est resté les yeux dans le vague pendant quelques secondes. Puis il m'a regardée fixement et m'a dit : "Je n'écris pas pour m'inventer une vie, tu sais. À mon âge, écrire, c'est se souvenir." Il avait l'air bizarre, comme s'il était très triste. Ou plutôt, ému. Voilà, c'est le mot. Ému. C'est pour ça que je m'en souviens.

— Rien d'autre ?

— Non, rien.

— Merci, sœurette. »

« Écrire, c'est se souvenir » ? Papi écrivait donc pour se souvenir…

Oh ! mais bien sûr, que je suis bête : *un ricordo per pagina !* Un souvenir par page ! Ce qu'il faut écrire dans ce carnet, ce sont des souvenirs !

J'aurais dû comprendre plus tôt !

Il faut que j'écrive un souvenir sur chacune des cent pages, et quelque chose se passera. Quelque chose de *magique*. C'est forcément ça ! Peut-être qu'une fois rempli, tout s'effacera et, là, le carnet exaucera un de mes souhaits ? Ou bien trois, comme dans les contes ! Ah, ce serait formidable ! La santé, l'argent, l'amour, tout ce que je veux ! Ou bien la paix dans le monde, pour avoir bonne conscience, et les deux autres vœux rien que pour moi, la santé et l'argent, voilà.

Quel pouvoir incroyable j'aurais…

Allez, je vais noircir tout ça ! Cent souvenirs, c'est beaucoup, mais le jeu en vaut la chandelle ! Voyons… un souvenir, vite, le premier… Évidemment, il suffit de chercher un souvenir, spontanément, pour que rien ne vienne !

Ah oui ! j'en ai un :

1

le cours de flûte de madame Frasier

C'est nul comme souvenir, mais c'est la première chose qui m'est revenue, quand j'étais à l'école primaire et que…

Ah ! Mon Dieu, je n'y vois plus rien ! Je viens de devenir aveugle ! Ce carnet est maudit, c'est un…

Non, je crois que ça va mieux. J'entrevois de la lumière, juste un filet mais qui me rassure, la vue est en train de me revenir. La lumière se fait de plus en plus présente devant moi, je distingue des ombres. Tiens, dans ma panique je ne m'en étais pas rendu compte, mais mes oreilles bourdonnent, un bruit sourd qui, heureusement, s'amenuise à mesure que je recouvre la vue. J'ai sans doute fait une sorte d'attaque cérébrale, un caillot de sang a dû se bloquer quelque part… Dire que je suis seul, sans personne pour m'aider, appeler les secours…

Ouf ! il me semble que j'entends de nouveau…

Une voix ? Il y a quelqu'un chez moi ?

Je fronce les sourcils pour me concentrer sur un point fixe, et des formes commencent à se dessiner. Je ne comprends pas ce qui m'arrive, je transpire de tous mes pores et je ressens mon corps de façon étrange…

La forme devant moi devient plus nette, et je vois une tête. De dos, une tête d'enfant, une petite fille avec des couettes, bon sang, je suis en train de rêver ou quoi ? Les secondes passent et je discerne face à moi de plus en plus de têtes d'enfants, j'essaie de regarder autour de moi mais je n'arrive pas à faire le moindre mouvement, comme si mon cou était bloqué.

En un éclair, je récupère complètement la vue et l'ouïe, et je comprends : je suis dans la classe de Mme Frasier, à l'école. Elle est là, devant moi, toute vieille et ridée, juchée sur sa petite estrade, et elle tient dans sa main une flûte à bec en bois. Certains enfants tournent la tête et je les reconnais instantanément, moi qui croyais les avoir oubliés. Frédéric et ses taches de rousseur, Christian encore plus maigre que moi, Séverine et sa coiffure de Playmobil…

Je suis retourné à cette époque, dans mon corps d'enfant, un corps que je ne parviens pas à contrôler, spectateur des événements, comme si un film se jouait devant moi.

Mme Frasier prend la parole :

« Cela est très simple, les notes sont écrites au tableau. Qui peut me les lire ?

— Moi, moi ! »

Il me faut un instant pour me rendre compte que ces deux mots émanent de ma bouche, en même temps que je lève frénétiquement le doigt. Cette voix est si aiguë, c'est étrange. De nouvelles têtes se tournent vers moi, que je reconnais aussi.

« C'est *sol sol sol la si*, *la*, *sol si la la sol*. C'est *Au clair de la lune*, madame !

— Très bien. Je la joue une fois, et ensuite je demanderai à l'un d'entre vous de le faire. »

Elle porte la flûte à sa bouche, joue – plutôt mal – la petite mélodie et retire l'instrument d'entre ses lèvres. C'est là qu'est le cœur de mon souvenir : le bec de la flûte est couvert de son rouge à lèvres, un rouge vif qui tranche avec la couleur claire du bois. À cet instant, sans que je le commande, ma tête se retourne et je reconnais avec stupeur la bouille de Mick. Je sens mon corps pris de convulsions et entends un petit rire s'échapper de ma bouche, rire que Mick me rend en me disant :

« J'espère qu'elle va pas me demander de jouer sur sa flûte. Ça serait comme lui faire un bisou, trop dégueu ! »

Et nous partons ensemble dans un fou rire aussi retenu que possible. Je sens en moi le mélange de deux émotions : mon rire de l'époque, le bonheur du petit garçon que je suis, et l'émotion du moi d'aujourd'hui, témoin silencieux mais incarné d'un instant de ma vie d'enfant.

Je suis ces deux personnes à la fois.

Lentement, ma vue recommence à se brouiller et mes oreilles à bourdonner. Je comprends tout de suite que le processus s'inverse, que je suis en train de revenir dans le présent, et je ne panique pas.

Quand je retrouve mon appartement, mon stylo dans la main, je suis surpris de voir une goutte d'eau tomber sur le carnet encore ouvert, suivie d'une deuxième. Des larmes se sont échappées de mes yeux. Je viens de revivre le souvenir que j'avais écrit. Les images, les sons, les odeurs, mais aussi les émotions.

Je viens de revivre cet instant de mon enfance qui, j'ignore pourquoi, m'avait tant marqué. La flûte de Mme Frasier, avec son bout rouge, et le fou rire. Les poils se dressent sur mes avant-bras, ma gorge se serre.

Je viens de vivre un miracle.

Je suis resté des heures, assis sans rien faire, à regarder le carnet en me posant des milliers de questions. L'impossible s'est produit, l'impensable, l'inimaginable. Et pourtant je l'ai vécu, même si j'ai du mal à y croire. Il ne s'agissait pas d'écrire cent souvenirs pour que la magie opère, mais simplement de vivre la magie chaque fois que j'écris un souvenir.

Je ne peux pas garder ça pour moi.

« Allô, Marie, c'est encore moi !

— Holà ! pourquoi tu cries comme ça ?

— Parce que papi avait raison !

— Hein ?

— Le carnet est magique ! Je viens de le comprendre grâce à toi !

— Très drôle…

— Je te jure, il est vraiment magique !

— Qu'est-ce que tu racontes ?

— C'est un carnet qui te fait revivre tes souvenirs. J'ai inscrit un souvenir, et je suis retourné dans ma peau de l'époque, à l'école primaire !

— Mais bien sûr, le fameux carnet qui fait revivre les souvenirs ! Ils en ont parlé aux infos pas plus tard qu'hier soir, tiens !

— C'est pas vrai ?

— Ben non, c'est pas vrai…

— T'es en train de te foutre de ma gueule ?

— Tout à fait ! Et je commence à croire que le pouvoir de ce carnet, c'est de rendre fous ceux qui l'ont entre les mains.

— Oh, c'est pas possible ! Tu fais quoi, là ?

— Pas grand-chose, pour une fois. D'ailleurs, si je pouvais en profiter…

— Non, non, viens chez moi, tu pourras l'essayer.

— L'essayer ?

— Ben oui, tu vas écrire dessus et tu verras bien !

— Mais enfin…

— Viens tout de suite !

— …

— Je te le demande comme un service, tu me remercieras après. Alors, tu viens ?

— Pfff… J'arrive. »

Quand elle sonne enfin, je suis comme un fou. Je me précipite sur elle en lui tendant mon stylo, l'assois sur ma chaise face au carnet, et j'attends. Elle est sur le point de parler, mais je la coupe, lui demandant simplement d'écrire son plus beau souvenir sur la deuxième page. Elle secoue la tête en soufflant bruyamment. Je fronce les sourcils pour me donner un air autoritaire, et désigne le carnet du doigt. Marie se creuse l'esprit un instant et commence à écrire. Elle essaie de le faire discrètement, mais je parviens à lire : « Mon mariage ».

Oh, le cliché ! Quoique, c'est vrai qu'elle était radieuse ce jour-là, même si elle n'a pas arrêté de pleurer. Je scrute attentivement le moindre mouvement de ses yeux ou de son visage pour tenter d'y lire une quelconque réaction, mais rien n'a l'air de se passer. En même temps, je ne me suis pas vu quand j'ai revécu le mien, de souvenir, alors, c'est peut-être en train de se passer, là ; je me dis aussi que bien que mon souvenir ait duré plusieurs minutes, je n'ai pas eu l'impression que beaucoup de temps s'était écoulé dans la vie réelle. Mais je n'en sais trop rien, à vrai dire.

« C'est censé marcher au bout de combien de temps, ton truc ?

— Tout de suite, *a priori*.

— Donc, ça n'a pas fonctionné.

— Je ne comprends pas, je t'assure... En principe, tu vas devenir aveugle et ensuite...

— Parce qu'on devient aveugle, en plus ? Je ne suis pas sûre que ça donne envie... Écoute, j'ai déjà perdu suffisamment de temps avec cette bêtise. Je ne sais pas où tu veux en venir, si c'est une blague, mais honnêtement je n'apprécie pas trop.

— Mais Marie, tu me connais...

— Oui, je te connais. D'habitude, je te connais plus drôle, d'ailleurs... Allez, je m'en vais.

— Mais non, attends, je...

— Je n'attends rien. À bientôt. »

Elle a claqué la porte, geste qui ne lui ressemble pas... Pourquoi ça n'a pas marché ? Je rouvre le carnet, et constate qu'entre-temps la deuxième page est redevenue blanche. Mon écriture est pourtant toujours sur la première, alors que s'est-il passé ?

Mais oui ! La lettre de papi...

Ce carnet ne dévoilera son pouvoir qu'à un descendant de celui qui le détient. Un et un seul.

J'ai déjà écrit sur ce carnet...

Un et un seul.

Ce doit être la raison pour laquelle il m'a écrit que malgré tout ce qu'il leur avait légué, les jumelles seraient lésées de toute façon.

Ce trésor n'est que pour moi. Je ne pourrai le partager avec personne.

Je vais d'abord m'assurer que je n'ai pas halluciné et écrire un nouveau souvenir. Mais cette fois, je vais bien le choisir, quelque chose de plus fort, de plus, je ne sais pas... Il ne faut surtout pas que je me précipite. À vraiment y réfléchir, cent souvenirs, ce n'est pas énorme, je crois qu'il faudrait que je prenne le temps de hiérarchiser tout ça dans ma tête, séparer l'anecdotique de l'important, et...

Mais où est mon stylo ?

Il n'est pas sous la table, ni sur le meuble, pas dans le tiroir non plus...

Il n'a pas pu disparaître comme ça ! À moins que le carnet n'ait un autre pouvoir, et que... Ah ! non, je suis bête.

Marie a dû partir avec.

En posant le stylo sur le tapis roulant, je me dis que je suis doublement benêt : d'abord, aller dans un magasin pour acheter *un* stylo et rien d'autre, c'est assez stupide ; ensuite, je crois être la seule personne à des kilomètres à la ronde qui n'ait pas en réserve le moindre crayon chez lui.

Je cherche quelque plaisanterie à adresser à la caissière au sujet de ma maigre moisson quand un doigt vient tapoter mon épaule plusieurs fois :

« Salut, toi !

— Julia ! Qu'est-ce que tu fais là ?

— Mes courses, c'est interdit ?

— Non, c'est juste que je ne m'attendais pas à te voir…

— C'est vrai que ça faisait longtemps ! Et toi, qu'est-ce que tu fabriques dans le coin ?

— J'habite juste à côté. Et là, je viens acheter, euh… ça.

— Je savais que tu n'avais pas de gros besoins, mais à ce point-là…

— C'est une longue histoire ! Je dois écrire quelque chose, rapport à l'héritage de Sylvio, et…

— Attends, Sylvio est mort ?

— Oui…

— Tu aurais pu me prévenir !

— J'ai pensé que comme on n'était plus trop ensemble…

— Ça n'a rien à voir ! Je l'ai quand même bien connu, il était si gentil… Et donc, tu as, euh… hérité ?

— C'est compliqué. À la base, j'ai juste eu ce petit carnet.

— Ah…

— Mais en fait mes sœurs partagent l'argent avec moi. Un tiers chacun.

— Ah !

— Ouais, elles sont géniales. Et toi, maman alors ?

— Oui. Mais ce n'est pas facile d'être mère, tu sais ! Et Robert ne m'aide pas beaucoup, en plus de tout ça…

— Robert ? Il s'appelle Robert, avec sa tête de mannequin ?

— Sa tête de mannequin ? Ah, tu parles de David !

— Pour le coup, je ne sais plus trop…

— Non, je ne suis plus avec David depuis longtemps. Là, je suis fiancée à Robert…

— Qui ne t'aide pas beaucoup, ça y est, j'ai compris. Eh ben !

— Dis-moi, puisque tu vis à côté, tu veux bien m'inviter à boire un verre ? Avec cette chaleur, j'ai besoin de me rafraîchir.

— Si tu veux.

— Allez, je te suis. »

Elle me prend par le bras, comme avant. Je me croirais revenu quatre ans en arrière. Chemin faisant, elle me parle de sa fille qui est insupportable à pleurer et à faire des caprices, de Robert qui est un con immature, de sa vie qui n'est pas rose tous les jours. Je n'écoute qu'à moitié. Je la regarde, surtout. Elle est toujours aussi belle. Elle porte une petite jupe comme les pom-pom girls dans les séries télé, et affiche un décolleté renversant… Je ne sais pas quel est le pouvoir que cette fille exerce sur moi, mais j'ai toujours autant envie d'elle. Peut-être même encore plus qu'avant.

« Dis donc, c'est petit chez toi !

— Oui, mais pour moi seul c'est très bien.

— Tu ne comptes pas acheter quelque chose maintenant que tu as les moyens ? Un plus grand appart, ou une maison ?

— Sans doute, mais je n'ai pas encore l'argent. Ce genre de choses prend du temps, tu sais, avec la paperasse et tout le reste…

— C'est vrai. Tu vis seul… donc… tu n'as pas de copine ?

— Non, pas en ce moment.

— Tu n'as pas réussi à me remplacer, c'est ça ?

— C'est juste que j'ai pas trop envie en ce moment. Chat échaudé…

— Craint les filles froides ! C'est ce que je disais, tu n'as pas réussi à en trouver une qui te comble autant que moi ! C'était bien nous deux, tu te souviens ?

— Euh… oui. C'était bien.

— Bon, il faut que j'aille récupérer la petite. Tu n'as pas changé de numéro ?

— Non.

— Parfait, je t'appelle bientôt ! *Ciao*. »

Ça alors. Je rêve ou elle m'a allumé ? Et puis pourquoi voudrait-elle m'appeler ? Pour qu'on se revoie ? C'est sûr que si elle était célibataire, je ne serais pas contre quelques moments d'intimité…

On verra bien.

Julia…

La voir a ravivé beaucoup de choses en moi. De bonnes choses, pour une fois, des moments agréables. Depuis qu'elle est partie, je réfléchis à mon deuxième souvenir, j'hésitais un peu mais, minute après minute, idée après idée, c'est elle qui s'est imposée.

Des scènes heureuses, des bribes de notre histoire. Oui, c'est cela que j'ai envie de revivre maintenant.

2

ma rencontre avec Julia

Par réflexe, je ferme les yeux pour mieux me concentrer sur ce qui va arriver. Mais la seconde d'après, constatant qu'il me serait difficile de me rendre compte de ma cécité passagère, je les rouvre. Je n'y vois déjà plus rien et mes oreilles bourdonnent, comme je l'espérais. Je souris, car je sais que, dorénavant, cela fonctionnera chaque fois. Dans le noir de mon esprit, je me prends à imaginer tout ce que je vais revivre, tout ce qui est à ma portée, le pouvoir incroyable que me confèrent ces quelques feuilles de papier. Je mesure la portée du cadeau que m'a fait mon grand-père.

Du trésor qu'il m'a légué.

Les ombres se dissipent sur la terrasse d'un café que je fréquentais assidûment, à l'époque. Plus que la fac, c'est certain. Mick est à côté de moi, il me parle d'un film, me semble-t-il. Pourtant, mon attention est entièrement portée sur une fille assise à quelques tables de nous. Elle est très belle ; elle me regarde, je crois. J'entends la voix intérieure du moi de l'époque se demander si cette fille attend quelqu'un, un homme peut-être, ou si elle est ici simplement pour être seule ou passer le temps. En tout cas, je suis persuadé qu'elle m'envoie des œillades depuis tout à l'heure, et que si j'en avais le courage, je…

« Ho ! tu m'écoutes ?

— Oui, Mick, je t'écoute !

— T'en as pensé quoi du scénario ?

— Excellent, le scénario, excellent !

— Excellent ? Tu plaisantes ou quoi ? On le sait dès le début, qui l'a tuée, la fille !

— Ah, tu parlais de ce scénario-là !
— Ouais, d'accord, tu m'écoutais pas du tout…
— Non, désolé, mais la fille là-bas, j'ai l'impression qu'elle n'arrête pas de me fixer… »

À cet instant, le serveur s'approche et pose devant moi une chope de bière bien fraîche :

« Je n'ai rien commandé !
— C'est de la part de la jeune fille, là-bas. »

Le saint homme me désigne d'un coup d'œil la jolie créature en question.

« Tu vois, je t'avais dit qu'elle me regardait ! La classe, elle m'offre un verre ! Ça, c'est un bon scénario, comme dans un film ! Allez, je vais lui parler.
— Attends, ne t'emballe pas ! N'y va pas tout de suite, fais-la languir un peu…
— Oui, t'as raison. Je suis pas un mec facile ! »

J'ai à peine le temps d'adresser à la jeune beauté un petit geste de remerciement qu'elle rappelle le serveur, qui lui parle un instant et revient vers nous :

« Je vous prie de m'excuser, monsieur, mais le verre était pour votre ami. »

Il fait glisser la chope de quelques centimètres pour la positionner juste devant Mick.

« Je suis confus, monsieur. Je confonds souvent ma gauche et ma droite. »

À cet instant, j'ai tellement envie de lui en coller une, au handicapé de la latéralisation, que je suis sûr de la trouver du premier coup, moi, ma droite. Pas d'erreur possible, direct dans sa mâchoire.

Mon pote semble gêné.

« Allez, Mick, ne la fais pas languir, va la voir.

— Euh… t'es sûr ?

— Mais oui… »

Mick se lève, un peu hésitant, et se dirige vers elle quand j'entends une voix rieuse dans mon dos :

« Ah ! ah ! Alors ça, c'est ce qu'on appelle une désillusion, non ?

— Pardon ? »

Je me retourne et vois, à la table juste derrière moi, une fille magnifique.

« Ne le prends pas mal, mais j'ai tout vu, c'était tellement drôle !

— Si tu le dis…

— Oh, allez, ne fais pas la tête ! Je peux venir m'asseoir avec toi, une minute ?

— Bien sûr. »

Pendant que j'écarte une chaise pour qu'elle s'assoie tout en me parant de mon plus beau sourire, je ressens les sensations de ce moment-là. La chaleur qui envahit mes joues, le silence qui se fait autour de moi. Je ne vois qu'elle, mes mains deviennent moites, mon regard balaye son corps de haut en bas, ses jambes, ses yeux, son décolleté, sa bouche.

Elle est belle, et elle rit encore :

« Tu sais, moi, c'est à toi que je l'aurais offert, le verre.

— Ah oui ? Et pourquoi ?

— Je ne sais pas, comme ça.

— Il n'est jamais trop tard, tu sais…

— Je voudrais bien, mais je dois y aller, là.

— Déjà ? Quand tu parlais de venir t'asseoir une minute…

— C'était une vraie minute, désolée. J'ai un rendez-vous important. Mais attends une seconde… »

Elle sort un stylo de son sac à main, y farfouille encore un peu et en retire un paquet de cigarettes vide sur lequel elle griffonne rapidement.

Elle me tend le paquet, et s'en va en m'adressant un clin d'œil plein de promesses.

Je déchiffre péniblement un numéro de téléphone, surmonté d'un prénom : Julia.

Avec lenteur, le noir se fait, en même temps que le bourdonnement revient à mes oreilles.

Mon souvenir s'achève et, déjà, je pars.

Aujourd'hui est une journée spéciale, au boulot. Doublement spéciale. D'abord, j'effectue mon premier casting de perroquets ; ensuite, et surtout, nous avons une nouvelle patronne, à la division animaux.

Nous sommes tous réunis dans son bureau, et je crains qu'on n'y passe la matinée, entre belles phrases sur la valeur du travail d'équipe et tour de table où chacun va énoncer les caractéristiques les plus flatteuses sur sa petite personne. Dans ces séances de présentation collective, c'est marrant, tout le monde joue aux échecs, aime le sport et le cinéma d'art et d'essai. Alors qu'une fois qu'on connaît les gens, on se rend compte qu'ils sont comme nous : ils aiment s'affaler devant leur télé, et regarder un divertissement en grignotant des chips.

Heureusement, la nouvelle patronne nous prévient qu'il n'y en aura que pour une minute :

« Bonjour à tous, je m'appelle Clarisse. J'ai préparé un petit discours pour vous dire que je ne ferai pas de discours. Nous aurons bien assez de temps et de réunions pour faire connaissance. Donc merci, et à tout à l'heure. »

Elle ponctue son intervention d'un petit sourire, et nous restons interdits quelques secondes, jusqu'à ce que l'un d'entre nous se lève, aussitôt suivi par les autres. Un collègue me glisse à l'oreille :

« Mignonne, la nouvelle patronne, hein ? »

À vrai dire, je ne sais que penser. Elle est jeune, quelques années de moins que moi visiblement, et ne colle pas au profil de la jeune cadre dynamique prête à écraser tout le monde pour réussir. Non, au contraire, Clarisse dégage une impression de sérénité, de calme, auxquels je ne m'attendais pas.

Je me retourne un instant pour la regarder à travers la vitre de son bureau : elle est de taille moyenne et plutôt mince, bien que loin des mannequins que je vois entrer parfois, lorsque par bonheur l'une d'entre elles se trompe d'étage. Ses cheveux mi-longs n'arborent pas la dernière coiffure à la mode, et elle est habillée de manière assez classique, pantalon noir et petit haut couleur crème. Son but n'est pas, semble-t-il, d'épater la galerie. Mais en effet, elle est plutôt mignonne.

Il est déjà l'heure du casting de perroquets. Cela va être mon premier contact direct avec Clarisse, je suis un peu tendu.

Elle s'assoit à ma droite, me sourit, et propose que nous revoyons ensemble le cahier des charges du client avant de faire défiler devant nous les premiers candidats.

Le spot publicitaire doit se dérouler de la manière suivante : une femme est au lit avec un jeune homme, et, visiblement épuisés, ils partagent une délicieuse barre chocolatée, un perroquet observant la scène du haut de son perchoir. Soudain, un homme plus âgé portant un costume-cravate arrive devant la porte d'entrée et fait tourner sa clé dans la serrure. « Ciel, mon mari ! » s'écrie la femme, et le jeune amant de ramasser ses affaires et d'aller se cacher sur le balcon. Le mari entre dans la chambre en criant : « Tu as un amant ! Où est-il ? » Le perroquet tourne la tête vers le balcon et regarde l'amant qui, les yeux écarquillés, remue la barre chocolatée en mimant qu'il va la lui donner. Alors l'animal se retourne vers son maître et dit : « Dans la salle de bains, dans la salle de bains », où se précipite bien sûr le mari, laissant au jeune homme le temps de s'échapper. L'image suivante montre le perroquet se régalant de la friandise puis adressant un clin d'œil à la caméra en guise de conclusion.

La note signale que le clin d'œil sera un effet spécial ajouté en postproduction.

« Heureusement qu'ils nous le disent, moi, j'allais demander à tous les perroquets de cligner de l'œil ! »

Je ne sais pas si je dois prendre Clarisse au sérieux, mais elle part dans un petit rire que je partage sans effort.

C'est un bon début.

Nous passons les heures suivantes à rigoler en cherchant un perroquet « coloré, fun, l'air espiègle », comme le demande le client. Car autant un perroquet coloré se repère facilement, autant l'air espiègle nous échappe quelque peu d'un volatile à l'aútre.

On se quitte en se faisant la bise, sourire aux lèvres. Je ne pensais pas dire ça un jour, mais je suis très content de ma nouvelle patronne. Je crois que je vais bien l'aimer.

Et puis c'est un joli prénom, Clarisse, je trouve.

Après avoir longuement réfléchi, j'ai décidé de n'utiliser que trois souvenirs par an. Cela me laissera des souvenirs pendant plus de trente ans ; il faut donc que j'use de ce carnet avec parcimonie. Papi ne me l'a pas légué pour que je dilapide son pouvoir, enfin je ne pense pas. Pour lui, c'était différent, il ne l'a eu que deux ans avant sa mort, et il savait qu'il était malade, donc il devait se dépêcher de tous les utiliser. C'est sans doute pour cette raison qu'on a pensé qu'il était devenu un peu fou. Je le comprends, maintenant. Moi, je vais devoir le gérer sur la durée.

D'un autre côté, il y a des chances pour que je vive plus de trente ans…

Je n'utiliserai donc mes vœux que jusqu'au quatre-vingt-dix-neuvième. Le centième, je le garde pour la fin de ma vie, le tout dernier moment, pour le plus important des souvenirs. Je n'ai plus qu'à espérer ne pas partir d'une mort violente, auquel cas j'aurai gâché au minimum un souvenir. Mais le jeu en vaut la chandelle, je pense. Sur mon lit de mort, à près de cent ans pourquoi pas, je pourrai revivre le plus beau des moments, le plus fort, le plus émouvant ou le plus fou. Un dernier feu d'artifice quand tout est censé s'éteindre.

Oui, c'est ça : interdiction d'utiliser le dernier souvenir. Le garder pour la fin.

Il m'en reste donc quatre-vingt-dix-sept. Au rythme de trois par an, cela me laisse plus de trente-deux ans de souvenirs. C'est beaucoup.

Les deux premiers, je ne les compte pas, c'était pour la découverte, l'expérience. Disons donc qu'il me reste trois pages à consommer d'ici la fin de l'année. Cela me paraît raisonnable.

J'ai très envie d'en revivre un dès ce soir. Mais j'ai pensé à tellement de choses ces derniers jours que j'ai du mal à m'arrêter sur *le* souvenir, celui qui vaut vraiment la peine.

Il me vient une idée : je vais faire une liste des souvenirs que je pourrai utiliser pour choisir le bon. Oui, une liste, c'est une bonne idée.

Je commence tout de suite avec des souvenirs en vrac, des bêtises pour la plupart. Ce qui est amusant, c'est qu'en écrivant ces souvenirs, d'autres me reviennent. Par exemple, quand j'ai noté « Ma première boum », celle où j'avais embrassé une fille pour la première fois, je me suis fait le film dans ma tête, pour voir si ça valait le coup, et j'ai repensé à des amis d'enfance, des camarades qui, mécaniquement, m'ont entraîné vers d'autres souvenirs, avant ou après celui-ci, et que je pensais avoir complètement oubliés. En moins d'une heure de travail, je me retrouve donc avec plus d'une soixantaine d'événements.

La tâche va être plus ardue que je ne l'imaginais…

Bon, lequel vais-je choisir pour ce soir ? J'ai envie de quelque chose d'un peu spécial. D'un moment censé être inoubliable dans la vie d'un homme…

J'ai une petite idée, mais je me demande si cela ne va pas être un peu, comment dire, déstabilisant…

Allez, on verra bien, je me lance :

3

ma première fois

J'ai l'impression que je deviens sourd et aveugle de plus en plus vite, et que cet état passager dure de moins en moins longtemps. À peine le noir et le silence se sont-ils faits que, déjà, je distingue les formes qui m'entourent.

La première chose qui me frappe, c'est que j'y vois trouble, je crois même que je louche. Je comprends vite pourquoi : j'ai gardé les yeux ouverts alors que je suis en train de l'embrasser. Forcément, à essayer de la voir de si près, mes yeux ne s'y retrouvent plus… C'est vraiment un truc d'adolescent, de garder les yeux ouverts pendant qu'on embrasse une femme. Enfin, une fille dans son cas. Elle recule l'espace d'un instant… c'est incroyable ce qu'elle paraît jeune ! Et dire que j'étais fier comme un coq d'avoir fait l'amour avec une fille plus vieille que moi, j'ai rebattu les oreilles des copains pendant des heures entières avec cette histoire !

Il faut dire qu'à quatorze ans et demi, coucher avec une fille de – presque – dix-sept ans tient de l'exploit ! Profitant de ma grande taille, j'avais coutume de faire croire que j'en avais seize, mensonge qui m'avait conduit dans les bras de cette fille. Emmanuelle.

Ce baiser est interminable… En plus, je me contente de faire un moulinet avec ma langue et, en toute franchise, ce n'est pas très agréable. Ça l'est dans ma tête de quatorze ans, bien sûr, mais pratiquement pas dans mon corps. Je ne suis pas particulièrement excité, je me demande surtout comment je peux être excitant, et je commence à mieux comprendre les événements à venir.

Après une interminable session de baisers mécaniques et baveux, nous nous décollons enfin.

« Tu veux boire ?
— Ouais, s'te plaît.
— Y a du whisky à mon père si tu veux.
— Non, jamais dans la journée, les alcools forts, j'en bois que le soir. T'as pas de la limonade ?
— Si.
— Avec de la grenadine ?
— OK. »

Je suis pathétique… Déjà, le coup des alcools forts le soir, c'est un véritable scandale, sachant qu'à cette époque le seul fait d'en renifler un verre me donnait mal au cœur. Mais débiter une telle ânerie pour ensuite demander un diabolo grenadine, c'est proprement ridicule. Comment cette fille a-t-elle pu s'intéresser à moi ? D'autant plus qu'elle est très mignonne ! Elle revient tout sourire, avec mon pauvre cocktail dans la main, et me le tend gentiment. Mais j'ai à peine le temps de tremper mes lèvres qu'elle me demande :

« T'as des préservatifs ? »

Mon cœur vient de s'arrêter, je crois. Mais ma bouche a tout de même le culot de répondre :

« Évidemment, j'en ai toujours sur moi, des préservatifs ! »

J'ai dit ça avec le ton d'un baroudeur, un vieux loup de mer qui a une femme dans chaque port. Alors que les préservatifs que j'ai sur moi, je les utilise d'habitude pour les remplir d'eau et les balancer sur les voitures qui passent, avec Mick. Surtout, à cette époque, je n'ai à mon actif qu'une longue série de patins baveux et, ayant été des plus audacieux un soir de l'été précédent, une main sous le soutien-gorge d'une fille de mon âge dont je me suis souvent demandé pourquoi elle en portait un, sinon pour créer l'illusion d'un léger renflement dans cette zone précise.

J'avais posé mes doigts sur un *non-sein*, voilà toute mon expérience. Pourtant, comme nombre d'ados de mon âge, je déclarais à qui voulait bien l'entendre que j'avais été déniaisé à treize ans par une fille de dix-huit, et que je ne cessais d'enchaîner les coucheries depuis. C'est ce que j'avais raconté à Emmanuelle et à ses copines, détaillant tant mes aventures – merci à la vidéothèque particulièrement instructive du père de Mick – que je me demande si je ne finissais pas par y croire moi-même.

« Ah ! super, parce que moi, j'en avais plus. Tu viens ? »

Là, mon cœur se remet à battre, et de plus en plus vite à mesure que je comprends, pas après pas, qu'elle m'entraîne vers sa chambre. En pénétrant dans le saint des saints, je dois en être à trois cents pulsations-minute. Je ne suis pas prêt, j'en suis bien conscient, mais je ne peux faire autrement que d'assumer mes mensonges. Alors je subis.

Je deviens un automate : quand elle enlève son haut, j'enlève le mien. Quand elle baisse son pantalon, je baisse le mien. Au moment où elle se défait de sa petite culotte, je ressens un grand moment de solitude à dévoiler un sexe qui est loin d'être au mieux de sa forme. En fait, quand mes yeux se baissent sur lui, j'ai comme l'impression qu'il voudrait rentrer dans sa coquille. Cette fille dont je me rends compte aujourd'hui qu'elle était vraiment très belle, avec sa peau halée et sa magnifique petite poitrine, ne produit sur le gamin que j'étais aucune espèce d'excitation. Pire, de la panique. Je me sens tétanisé, ne sachant que faire. Mon cœur frappe si fort à l'intérieur… Je fais tout mon possible pour essayer de reprendre le contrôle, je respire profondément, mais ça ne sert à rien.

C'est peine perdue. Je ne pourrai pas changer cette suite que je connais déjà.

Elle s'allonge sur le lit et m'invite à la rejoindre. Elle commence à me caresser et j'essaie de faire de même, peinant à trouver mon chemin. Mais comment peut-on être si apeuré ? Enfin, reprends-toi, on dirait que tu vas passer devant le peloton d'exécution alors que cette superbe fille s'offre à toi ! Tu te rends compte de la chance que tu as ? Que je suis énervant ! Voilà ce qu'on gagne à jouer les hommes quand on n'est encore qu'un enfant dans sa tête.

À force d'obstination, elle parvient je ne sais comment à réveiller mon corps jusqu'alors endormi, et le petit appendice daigne enfin sortir de sa léthargie pour se montrer, miraculeusement, sous son plus beau jour. La sensation se faisant agréable, l'espoir renaît en moi. Je me sentirais même pousser des ailes, ragaillardi, oubliant tout le stress des dernières minutes. Je lis très bien dans mes pensées : « Ça y est, ça marche, bordel, c'est trop bon ! », et c'est ce moment que choisit Emmanuelle pour grimper sur moi.

« Tu restes allongé et moi dessus, ça te plaît comme ça ?

— Oui, oui, je le fais souvent, pas de problème. »

Et j'en rajoute, en plus ! C'est pathétique… Au moment où j'entre en elle, je me dis que je me souviendrai de cette sensation toute ma vie. J'avais raison.

J'avais d'autant plus raison que, environ sept secondes plus tard, je sens monter le plaisir. Paniqué, je fais tout pour me retenir, me concentrant au plus profond de mon être pour ne pas m'infliger une telle humiliation.

Et ça marche ! Je parviens à me retenir… environ deux secondes de plus. Je pousse alors un petit couinement risible que j'avais complètement oublié, mais qu'il me semble avoir réentendu quelques années plus tard, dans un reportage télévisé sur les souris.

Voilà, c'est fini. Neuf secondes. La plus grosse honte de ma vie. Un moment qui m'a tellement marqué que je ne m'aventurerai à recommencer que quatre ans plus tard. Mais je ne le sais pas encore. Là, sur le moment, je ne sais que mon embarras face au silence d'Emmanuelle, allongée à mes côtés.

« Je comprends pas, ça m'a jamais fait ça. »

Techniquement, ce n'est pas faux, pour une fois. Elle ne répond rien. Je crois qu'elle a compris. Puis elle se lève, commence à se rhabiller et me dit :

« Bon, tu devrais y aller, mes parents ne vont pas tarder. »

Elle est belle, et elle est déçue. J'enfile mes vêtements en vitesse, et m'éclipse aussi vite que possible. Le garçon de quatorze ans sait déjà qu'il ne la reverra jamais. L'homme de trente-deux ans acquiesce, il ne l'a jamais revue.

Dans le couloir, le noir se fait.

Je reviens doucement. Bon sang, c'est encore pire que ce dont je me souvenais ! Même si je ne sais pas vraiment pourquoi, j'avais envie de revivre ce moment, ça m'a fait du bien. Un demi-sourire aux lèvres, je me dis qu'il est bon de se rappeler qu'on a été tout à fait lamentable, parfois. Peut-être pour être encore plus heureux de ce que l'on est aujourd'hui ! Mes performances se sont nettement améliorées, avec le temps. Enfin, je crois.

Tiens, on sonne, ce doit être Mick qui vient me chercher pour la soirée. Je n'étais pas trop motivé par cette fête avec tous les collègues de la boîte, mais il a insisté, arguant que ça me ferait du bien. Mick est un ami en or, qui s'inquiète pour moi, qui veut me réconforter…

« Salut mon… Julia ? Qu'est-ce qui t'arrive ?

— C'est Robbie…

— Attends, tu pleures ?

— Oui, mais ne t'inquiète pas, ce sont les nerfs. Ce salaud de Robbie vient de me faire une scène parce que je t'ai croisé et que je suis montée boire un verre chez toi ! Tu le crois, ça ?

— En même temps, je le comprends, t'étais pas obligée de lui dire…

— Tu ne vas pas prendre sa défense ? Écoute la suite : il s'est énervé, on s'est engueulés et il a cassé un vase !

— C'est pas si grave, c'est juste un vase.

— Juste un vase ? Le vase bleu que m'avait offert ma mère, tu vois lequel ?

— Oui, je vois. Mais…

— C'est une question de principe, ça ne se fait pas, c'est tout ! On s'est dit nos quatre vérités, que ça n'allait plus depuis longtemps de toute façon… et on a rompu.

— Eh ben… quelle histoire !…

— Oui… Je me retrouve à la rue, maintenant !

— C'est embêtant, avec ta fille en plus…

— Elle est chez ma mère, là. Mais tu sais comment on est avec maman, on a le même caractère, on se dispute tout le temps. Je ne me sens pas vraiment de retourner habiter chez elle. Qu'est-ce que t'en penses ?

— C'est ennuyeux…

— Oui. Et je ne sais pas quoi faire…

— Forcément…

— Tu me le proposes ou je dois te le demander ?

— Hein ?

— T'as pas changé, toi… Bon, je me lance : est-ce que tu peux m'héberger quelques jours ? Je me ferai toute petite, promis promis !

— Ben oui, si ça t'arrange…

— Merci ! »

En un éclair, ses larmes font place à un grand sourire. Son sourire qui m'a toujours fait craquer. Elle m'embrasse sur la joue et descend chercher ses affaires dans sa voiture. Le temps de me remettre de mes émotions, je me rends compte que le carnet est resté là, ouvert sur la table. Il faut que je le range en lieu sûr : je vais le placer au milieu de mes disques de hard-rock. Connaissant Julia, elle ne viendra jamais fureter là-dedans.

« Eh bien, tu es chargée !

— Et je te dis pas ce qu'il y a encore dans la voiture…

— Je vais t'aider à monter le reste si tu veux, mais ensuite tu t'installeras seule parce que je vais sortir avec Mick, là.

— Ah bon ? Mais je les mets où, mes affaires ?

— À part ma chambre, je ne vois pas. Je n'ai même pas de canapé-lit, désolé.

— C'est pas grave… On a dormi ensemble tellement de fois, on va pas être mal à l'aise, si ?

— Non ! Bien sûr que non… »

Ouf, je suis là avant elle. Je suis même le premier. Il faut dire que je suis très en avance, je crois n'être jamais arrivé si tôt un lundi matin. Mais je ne sais pas du tout comment me comporter quand elle sera là, je préfère lui laisser l'initiative. J'ai beau faire des efforts, je n'ai aucun souvenir après notre arrivée en boîte. Le début de soirée s'est très bien passé, Clarisse s'est assise à côté de moi au restaurant, nous avons beaucoup parlé, nous avons ri aussi, je sentais que le courant passait entre nous, mais les verres ont pas mal défilé. Trop, c'est certain. En sortant du restaurant, Clarisse m'a proposé de monter avec elle en voiture – Mick m'a d'ailleurs donné un petit coup de coude, sourire aux lèvres –, puis nous nous sommes embrassés à un feu rouge. Pour ce qui est de la suite des événements, c'est le trou noir. La seule chose dont je me souvienne, c'est qu'arrivés en boîte, j'ai continué à boire. Tellement que le lendemain matin, je me suis réveillé dans ce qui m'est rapidement apparu comme une chambre d'hôtel. Un petit mot était posé sur la table de nuit :

Tu avais l'air de si bien dormir que je n'ai pas osé te réveiller. Je déjeune chez mes parents (comme tous les dimanches !) et suis déjà en retard. Alors bon réveil, et à demain !

Bise, Clarisse.

P.-S. Je t'ai laissé deux cachets d'aspirine, au cas où tu aies un peu trop la gueule de bois !

Je me suis rhabillé, et ai sauté dans un taxi pour rentrer chez moi. L'aspirine n'a pas fait effet immédiatement, et j'ai cru me rendormir plusieurs fois sur la banquette. Le trajet était tout de même assez long ; je n'ai pas compris comment on avait pu se retrouver si loin de chez moi, dans un coin que je ne connaissais pas du tout.

Maintenant, j'attends. Que va-t-elle faire en arrivant ? Comment va-t-elle se comporter avec moi ?

Je ne vais pas tarder à connaître la réponse… Elle est en avance, elle aussi.

« Bonjour, Clarisse.

— Salut ! »

Elle fait le tour du bureau, je me lève de mon fauteuil ; nous restons face à face l'espace d'une seconde, sans bouger. Puis elle pose la main sur mon épaule et approche son visage du mien.

Je suis à deux doigts de l'embrasser sur les lèvres, quand l'idée me revient qu'elle est ma patronne. Du coup, j'arrête mon mouvement et la laisse faire. Elle se bloque un peu puis, finalement, détourne légèrement le visage. Nous nous faisons la bise.

« Tu vas bien, pas trop mal à la tête ?

— Non, ça va mieux. Merci pour l'aspirine, d'ailleurs !

— De rien ! Bon, ben, je… Je vais dans mon bureau…

— Eh oui ! Boulot boulot ! »

Je la suis du regard et la vois s'asseoir lourdement dans son fauteuil.

Elle lève la tête, ferme les yeux et passe la main sur son visage, de haut en bas.

Elle doit être fatiguée de la soirée, elle aussi. Sans doute avait-elle également bu plus que de raison ; peut-être était-elle encore plus gênée que moi, étant donné sa fonction ici.

Les choses sont claires maintenant : nous avons passé une nuit entre adultes consentants, elle avait envie de s'amuser tout comme moi.

Pas de quoi en faire une histoire.

J'ai peut-être parlé un peu vite. Clarisse me fait signe de la rejoindre dans son bureau.

« Oui ?

— Tu sais qu'on a un casting de chiens, tout à l'heure ?

— Un casting, d'accord… Encore des chiens ? Ce sera quoi aujourd'hui, labradors, bichons ?

— Non, justement ! Regarde la fiche, cette fois, le client veut un chien "rustique et puissant, musclé mais aux traits harmonieux". J'ai pensé à un beauceron, j'adore son pelage noir et fauve. Qu'en penses-tu ?

— C'est une très bonne idée. J'aime beaucoup ces chiens, moi aussi. »

Le premier candidat est tout à fait moche. Nous disons à sa propriétaire que son chien est très joli, et que nous la rappellerons si nous sommes intéressés.

Le deuxième entre, il est beaucoup trop vieux. Nous disons à sa propriétaire que son chien est très joli, et que nous la rappellerons si nous sommes intéressés.

J'ai peur d'avoir à répéter cette phrase sans cesse quand le troisième beauceron apparaît. Nous échangeons un regard entendu avec Clarisse : il est parfait. Nous avons trouvé la star des chiens, le poil magnifique, une gueule fière, quasiment altière, une belle musculature.

Pas de temps à perdre, Clarisse se lève pour prendre une photo du beau mâle de cinquante kilos. Sa maîtresse, une femme petite et fluette, nous lance alors d'une voix timide, à peine audible :

« Juste une chose, il n'aime pas trop les flashes. »

« Pas trop » ? À peine l'éclair a-t-il émané de l'appareil que le chien devient complètement fou. Il se met à trembler frénétiquement, et à aboyer en direction de Clarisse qui tient toujours l'appareil entre ses mains, puis à courir comme un dératé tout autour de la pièce. Une pièce qu'un architecte d'intérieur très coté a eu la bonne idée, il y a moins d'un mois – et après de longues journées de réflexion et d'« imprégnation de l'espace » –, d'entièrement redécorer en blanc. Un lieu qui reçoit des animaux à longueur de journée, pensez-vous, quoi de plus adapté que des murs blancs, des meubles blancs, et surtout une épaisse moquette blanche ? Voilà de l'argent bien dépensé !

Après une minute de tourbillons effrénés du molosse, ainsi que de sa maîtresse qui avait pris la riche initiative d'entortiller la laisse autour de son poignet, nous observons sans un mot le champ de bataille. Plus grand-chose n'est blanc. Car, pour parachever son œuvre, le créatif avait disséminé de nombreuses plantes et arbustes en pots.

Plus un n'est debout, maintenant. Le chien a renversé et piétiné la terre absolument partout.

En soixante secondes, il a renversé le bureau et un placard de rangement, reteinté notre intérieur, et accessoirement déboîté le poignet de sa maîtresse. Un record, je crois.

Je ne pensais pas que ces chiens-là étaient capables de tels coups de folie. Parce que moi, j'en garde un souvenir très différent…

Il faut que j'aille m'isoler. J'ai envie de la revoir.

4

Saba

La vue me revient sur un gâteau d'anniversaire surmonté de huit bougies, face à moi. Mes sœurs me lancent en chœur un : « Souffle et fais un vœu ! », et tout en m'approchant des petites flammes j'entends dans ma tête résonner un : « Je veux être le meilleur footballeur du monde, meilleur que Platini et Maradona ! » Je reprends mon souffle pour en finir avec la dernière récalcitrante, et tout le monde applaudit.

Grand-mère s'approche de moi, elle est plus jeune que dans mes souvenirs, je ne me rappelais pas ce visage si lisse, ses mouvements plus rapides, sa voix plus affirmée. Elle pose la main sur mon épaule.

« Papi est désolé de ne pas être là, mon chéri. Mais il a insisté pour que je te dise que huit ans, c'est très spécial, que tu es un grand garçon maintenant. Et être grand, c'est devenir sérieux, responsable. Nous avons donc décidé que tu étais prêt pour… Marie, tu peux venir ! »

Ma sœur entre dans la pièce, tout sourires. Dans sa main, elle tient une laisse. Au bout de la laisse apparaît alors un petit…

« Vous m'avez offert un chien ? C'est trop génial ! Un chien !

— C'est une chienne. Elle s'appelle Saba. Tu vas devoir bien t'en occuper.

— C'est quelle race ?

— Un beauceron. Elle va devenir très grosse bientôt, plus grosse que toi !

— Merci, merci ! »

Je me précipite vers la petite boule noir et fauve, m'allonge devant elle et la couvre de caresses. À son tour, elle me lèche le visage et me fait une fête du tonnerre. En une seconde, elle m'a adopté.

Le noir se fait un court instant. Puis les images reviennent et mon souvenir se poursuit dans la rue, pendant que je promène ma chienne. Je tiens fermement la laisse, fier comme pas deux, marchant droit comme un piquet et scrutant les alentours dans l'espoir qu'un voisin m'aperçoive. Dans mon dos, j'entends :

« Pas possible ! T'as un chien ?

— Eh ouais, Mick ! Elle s'appelle Saba.

— Oh ! la classe, comme elle est belle ! Moi, mes parents en veulent pas, t'as de la chance… Je peux la tenir, un peu ?

— Ah non ! C'est moi son maître, je suis le responsable ! Mais tu peux m'accompagner, si tu veux…

— Trop cool ! Dis, elle sait donner la patte ?

— Mais non, c'est encore un bébé…

— Ah…

— Mais plus tard je lui apprendrai des tours terribles, tu vas voir ! Elle ira à la boulangerie toute seule et elle me rapportera des croissants.

— Sûr ?

— Si je te le dis ! »

Noir.

Je vois la nuit à travers les fenêtres. Saba a grandi, elle est allongée sur son tapis, dans le coin du salon. Elle semble dormir. Pendant que mon corps s'approche d'elle, je sais déjà ce qu'il va faire. Ce que j'ai fait des centaines de fois dans ma vie, notre rituel du soir. Mes jambes se plient, je m'incline sur le côté, et pose ma tête sur son ventre. Saba approche sa truffe humide de mon visage, me renifle un peu, puis se rallonge en poussant un soupir.

Je reste contre elle quelques minutes, sentant son odeur et sa chaleur, n'entendant que le sourd battement de son cœur. Je suis bien. Apaisé, rassuré.

Quand le sommeil me gagne, je dépose un baiser entre ses oreilles et pars me coucher.

Noir.

Je regarde ma chienne dormir. J'ai envie d'aller m'allonger contre elle comme chaque soir, je le sens, mais je m'entends réfléchir :

« J'ai quatorze ans maintenant, il faut que j'arrête ça… En plus, si les copains me voyaient ou, pire, si mes sœurs le disaient à Rachel quand elle vient le mercredi… Non, je suis trop vieux pour ces bêtises. »

À contrecœur, je me penche vers Saba et lui caresse rapidement la tête. J'hésite un instant, puis pars vers ma chambre. Elle me suit du regard.

Quelque chose a changé. J'ai l'impression d'être devenu un homme.

Noir.

Dès que je vois Saba, je sais quel est le moment que je suis en train de revivre. Elle est vieille, son poil est grisonnant. En écrivant son nom sur le carnet, j'essayais de chasser cette scène de mon esprit, sans pouvoir m'empêcher d'y penser, sans savoir si je souhaitais ou non qu'elle se rejoue devant moi.

Le carnet a choisi.

Nous sommes douze ans en arrière cette fois, peu après notre emménagement rue Monte-Cristo. Depuis quelque temps, Saba ne dort plus la nuit, elle ne fait que tourner en rond. Parfois, ses gémissements me réveillent.

Je repasse dans ma tête les mots que papi a prononcés l'après-midi même :

« Le vétérinaire a dit qu'il était temps. Elle est trop âgée, elle souffre. Alors, demain, je la lui amènerai. Je suis désolé. »

Comme il y a douze ans, je m'approche d'elle, mes jambes se plient, je m'incline sur le côté, doucement, et pose ma tête sur son ventre. Saba approche sa truffe trop sèche de mon visage, me renifle un peu, puis se rallonge en poussant un soupir. Son soupir est long, fatigué.

Lorsque j'ai fêté mes huit ans, je n'imaginais pas que ce moment arriverait un jour. Si j'avais su, jamais je n'aurais souhaité devenir un homme.

Ce soir, je ne retournerai pas dans ma chambre.
Je m'endormirai en entendant battre son cœur, pour la dernière fois.

Apaisé par son odeur et sa chaleur, je sens mes oreilles bourdonner, ma vision baisser.

Mon souvenir s'achève. Je pars.

Je compare pour la douzième fois les numéros de mon ticket avec ceux inscrits noir sur blanc dans le journal. Le 25, je l'ai, le 6 aussi, le 30…

Je n'arrive pas à y croire : je les ai tous. Dans ma main, ce bout de papier vaut des millions. Jackpot !!!

Ça a marché. Les numéros de pages qui étaient soulignés dans mon carnet, c'étaient les numéros gagnants…

J'imagine tout ce que je vais pouvoir m'offrir avec ma nouvelle fortune : maisons sur chaque continent, voyages autour du monde, voitures, champagne, caviar…

… café et croissants…

Café et croissants ? Qu'est-ce que c'est que cette idée ?

… café et croissants…

D'où vient cette voix ?

« Café et croissants pour monsieur ! Allez, on se réveille ! »

J'ouvre les yeux, Julia est assise à côté de moi, un plateau entre les mains.

Un rêve… Juste un rêve.

Si au moins cela avait été un souvenir ! Mais non.

Je me frotte les yeux et, malgré ma désillusion, lui souris.

« Petit déjeuner au lit pour monsieur ! Pour te remercier de m'accueillir chez toi.

— C'est gentil.

— Je voulais le faire hier, mais tu étais parti avant que je ne me réveille !

— Oui, j'avais… du travail en retard.

— Ce matin, tu as un peu de temps, alors profite ! »

Mon Dieu qu'elle est belle. J'en profiterais bien, en effet. Sa robe de chambre satinée bâille un peu, et me laisse entrevoir quelques mets délicieux qui, eux aussi, aiguisent mon appétit matinal.

L'estomac et les yeux rassasiés – et après m'être assuré que, malheureusement, aucun numéro de page n'était souligné dans mon carnet –, je pars travailler d'une humeur guillerette et tombe sur Mick dans le hall.

« Au fait, je t'ai pas dit : quelqu'un dort chez moi, depuis samedi ! Devine qui !

— Clarisse, évidemment ! Tu crois que je ne vous ai pas vus samedi soir, collés l'un à l'autre, à vous bécoter comme des ados ?

— Eh non, c'est pas Clarisse ! On n'est pas ensemble de toute façon…

— Qu'est-ce que tu as encore fait ?

— Mais rien ! C'est elle, je t'assure, elle est arrivée hier, elle m'a fait la bise, m'a dit trois mots et est allée dans son bureau.

— Je trouve ça bizarre… Vous aviez l'air tellement bien ensemble !

— Oui, mais on est juste des amis.

— Qui dort chez toi alors ? Je la connais ?

— Oui, et moi je l'ai très bien connue !

— Oh non !

— Quoi ?

— Ne me dis pas que c'est Julia ?

— Ben si…

— Qu'est-ce qu'elle fout chez toi ?

— Elle a quitté son mec, je la dépanne, t'emballe pas…

— Fais ce que tu veux, mais à mon avis c'est une très mauvaise idée. Elle t'a laissé comme une loque, et maintenant que tu vas à peu près bien elle fait son grand *come-back*, tranquille, comme si de rien n'était ?

— Arrête, on est juste amis ! Et puis il y a des bons côtés, ce matin elle m'a même apporté le p'tit déj' au lit !

— Si tu te voyais à l'instant où tu me dis ça… Tu es tout sourires, t'as l'air gai comme un poisson !

— On dit « gai comme un *pinson* ».

— Oui, si tu veux ! Mais crois-moi, je ne la sens pas du tout, cette histoire. La dernière fois, je t'ai ramassé à la petite cuillère… Fais attention à toi. »

Mick est comme ça, très protecteur avec moi. On a le même âge, mais j'ai toujours eu l'impression qu'il était mon grand frère. Déjà, au collège, il graduait les bêtises que je projetais de faire en classe. Il me disait laquelle lui paraissait raisonnable, et laquelle était trop risquée. Par exemple, pendant notre concours de mots d'excuse bidons, il m'en interdisait certains. Le but du jeu était de présenter aux professeurs, après qu'on avait séché une journée de cours, des motifs d'absence invraisemblables, extravagants, prétendument signés de nos parents. Il fallait présenter le carnet aussi sérieusement que possible, sans avoir l'air hilare, et, bien sûr, que le motif soit accepté. Tout y est passé : « Arrêté par la police », « Appendicectomie de son chien », « Accident de tracteur ». Un jour, galvanisé que j'étais par le succès de mon précédent « Casting pour un film de Martin Scorsese », Mick m'a formellement interdit d'utiliser un « Don d'organes » qui était en effet des plus risqué, surtout pour une absence d'une demi-journée. Ce qui ne l'a pas empêché, une semaine plus tard, d'être mis en défaut par le « Mariage de sa grand-mère ». Après vérification de la totalité de ses mots d'absence de l'année, un professeur tatillon lui a signifié que sa grand-mère était censée être déjà morte et enterrée. Deux fois.

Malgré les quelques jours d'exclusion dont il a écopé, on en a ri à en pleurer, et on s'en amuse encore.

C'est une autre chose que j'adore chez Mick, il est vraiment très drôle. Le problème, c'est que souvent, il est drôle sans le faire exprès. Sa passion, c'est le chant : fredonner quelques notes le rend si heureux qu'il en devient limite hystérique. Il chante tout le temps, peu lui importe la chanson. Il faut le voir entonner « Joyeux anniversaire », il y met tant de cœur qu'on se croirait au Madison Square Garden. Enfin, pour l'attitude surtout, parce qu'il chante horriblement faux.

Il fait rire aussi par les énormités qu'il sort parfois. Un jour, il a dit le plus naturellement du monde, au cours d'un repas : « Je suis allé au musée du Prado, à Madrid. Eh ben, leur café, il est dégueulasse ! » Il lui arrive aussi d'utiliser un mot pour un autre, ou de confondre des gens qui n'ont absolument rien à voir entre eux, du genre : « *Top Gun* c'est naze comme film, il joue trop mal, dedans, Travolta. » Les femmes ne lui tiennent pas rigueur de ces énormités parce qu'il est beau. Moi, je lui passe tout parce que je sais à quel point il est bon, et gentil. Profondément gentil.

Je n'ai pas insisté sur le cas Julia, je sais de toute façon qu'il va m'en reparler, et me faire la morale encore et encore. Heureusement, après un court silence, Mick m'a déclaré qu'il avait une annonce extraordinaire à me faire : il avait rencontré une fille, et en était tombé très amoureux. C'est une fille qui travaille à l'étage au-dessus du nôtre – il suppose donc qu'elle est architecte, quel beau métier –, et cela fait trois jours de suite qu'ils se sont retrouvés ensemble dans l'ascenseur – « Si c'est pas un signe, ça. » Hier, elle lui a même un peu parlé, lui demandant s'il travaillait dans l'immeuble depuis longtemps. C'est tout. Elle s'appelle Louise, a un joli regard, et de longs cheveux blonds. Comble du bonheur pour mon ami, elle parlait tout doucement.

J'imagine déjà la suite. Il lui fera livrer tous les lundis matin un bouquet de fleurs de façon anonyme, avec chaque fois un charmant mot d'amour, plein de tendresse, de douceur et de promesses. La fille va s'imaginer que ces billets exquis proviennent du petit informaticien timide du bureau d'à côté, celui qui la regarde toujours discrètement, et au fil des semaines elle se dira que non, finalement, ce jeune homme n'est pas si ingrat, que derrière ses lunettes et sa peau acnéique se cache un être secret et charmant, et que la véritable beauté vient de l'intérieur. Elle-même d'ailleurs ne compte pas parmi les plus belles, et puis elle se sait transparente, personne ne s'intéresse jamais à elle. Et chaque lundi, elle attendra que son prince pas très charmant vienne lui déclarer sa flamme, le trouvant chaque jour moins ingrat que la veille. Et puis, dans un mois ou un peu plus, quand un mélange de Brad Pitt et de Jack Nicholson viendra lui demander si elle a aimé les fleurs et si elle accepte de dîner avec lui, elle prendra peur. Elle dira non, instinctivement, presque violemment. Parce qu'un homme comme ça ne peut pas s'intéresser à elle. Parce que cela doit forcément cacher quelque chose, il veut jouer avec elle, lui faire du mal. Elle finira même par se convaincre qu'il faut être un peu dingue pour envoyer autant de fleurs et de poèmes à une inconnue.

Alors, une fois encore, il sera malheureux. Et moi, une fois encore, je le consolerai.

À moins que… Il est peut-être temps d'honorer la promesse que je me suis faite.

Et de m'arranger pour que mon ami trouve enfin sa moitié.

Au moment d'aller me coucher, je remarque parmi mon courrier étalé sur la table basse une enveloppe totalement vierge. Je la décachette et découvre, sur une feuille pliée en deux, une unique phrase manuscrite :

Il ne t'appartient pas.

Je tourne et retourne la feuille, vérifie soigneusement l'enveloppe : rien. Pas une inscription supplémentaire, pas la moindre indication.

Quelqu'un se sera trompé, sans doute.

Allez, au lit.

Julia dort depuis un moment déjà, il me semble. J'entends sa respiration régulière, je reconnais son odeur. Je suis fatigué, mais il m'est impossible de m'endormir. Sa présence m'en empêche, une présence qui m'offre mille possibilités, mille fantasmes, mille images… Je tenterais bien quelque chose, mais autant Julia me distribue des allusions à longueur de journée, autant l'heure du coucher venue elle fait montre d'une froideur prompte à refréner la plus optimiste de mes ardeurs.

J'ai tellement envie d'elle… Je sens que je vais passer la nuit à tourner et me retourner dans le lit, c'est assez insupportable. Julia, à cet instant, entre mes draps, cela ravive les émotions d'avant, mon amour pour elle. Être aimé par elle. La vie de tous les jours dans notre ancien appartement, malgré la routine et les disputes.

Je suis nostalgique de tout ça.

Si la vraie Julia se refuse à moi, je peux choisir de revivre n'importe quel moment avec la Julia de l'époque, et lui refaire l'amour, là, maintenant.

Je pourrais ressusciter la Julia du jour de la panne d'électricité, dans le salon totalement noir, ou bien celle de la salle de bains, le soir où on rentrait fourbus d'une interminable randonnée ; peut-être la Julia de l'hôtel aussi, pendant les vacances à la plage, voire celle de la cabine d'essayage d'une boutique de fringues. Elle avait vu ça dans un film et avait voulu essayer dès le lendemain.

Je peux avoir la Julia que je veux, là, dans la seconde. Je n'aurais qu'à la poser sur le papier.

Pourtant, je sais bien que ce n'est pas raisonnable. Je sais que grand-père ne m'a pas laissé son carnet pour l'utiliser comme cela.

Je ne vais pas le faire.

Quitte à ne pas en dormir.

Clarisse m'a invité à dîner chez elle. Je ne m'y attendais pas, même si ces derniers jours elle a été très gentille avec moi. Elle est souvent venue me parler, m'a apporté tous les matins un café *macchiato* bien sucré comme je les aime ; elle a même passé la main dans mes cheveux deux ou trois fois, discrètement.

Je suis nerveux en sonnant à sa porte, mais elle m'accueille très naturellement et une ambiance détendue s'installe entre nous. Son appartement est à son image : on pourrait croire que son intérieur n'est pas décoré parce que rien ne saute aux yeux, pourtant chaque chose est à sa place et se fond à merveille dans un tout dégageant une harmonie évidente.

Clarisse décore son appartement comme elle se maquille : ceux qui n'y prennent pas garde la croiraient au naturel, mais des yeux attentifs remarquent qu'elle sait mettre en valeur juste ce qu'il faut.

Cela s'appelle l'élégance, je crois.

Au travail, il est assez gênant que nous soyons proches ; alors qu'en tête à tête, tout est plus simple.

Elle a cuisiné des noix de Saint-Jacques au vin blanc, c'est délicieux. Le repas terminé, nous nous asseyons sur le canapé, et discutons en écoutant un peu de musique. Nous sommes bien, ensemble. Du moins, je suis bien avec elle.

Je me demande comment naît la complicité entre un homme et une femme. Comment, de façon naturelle, on trouve des sujets de discussion, on se découvre des goûts communs. Avec une autre, la conversation tournerait court au bout de quelques minutes, l'alchimie ne se ferait pas.

Là, tout est facile. Un film que nous aimons autant l'un que l'autre, puis un autre, un livre qui nous a émus, un second que l'on se conseille ; un chanteur *has been* qu'on avoue apprécier un peu honteusement, le rire complice qui s'ensuit. Et puis, chacun son tour, on parle de soi. Le récit de ses vacances en classe de neige vous intéresse, tandis que celui d'une autre, au même moment, vous ennuierait profondément. Quand elle vous parle de son amie d'enfance, vous voyez la frimousse qu'elle vous décrit, et l'énorme boule de neige qu'elle lui a envoyée à la figure. De la même manière, vous racontez des histoires qu'il ne vous serait pas une seconde venu à l'esprit d'évoquer, tant elles pourraient sembler inintéressantes ; pourtant, votre récit provoque des « Oh ! » et des « Non ? » entrecoupés de pouffements et d'yeux qui brillent.

Comment expliquer que cela se passe ainsi avec une personne, et pas avec une autre ?

Je n'en sais rien.

Pourtant, je le vis, maintenant, avec Clarisse. La dernière fois, c'était avec Julia. J'avais sans doute un peu moins parlé, plus souvent écouté.

« Dis, Clarisse, il est tard !

— Oui, je n'avais pas vu le temps passer !

— Moi non plus ! On va pas être en grande forme, demain.

— C'est sûr…

— Bon, eh bien…

— Oui ?

— Je vais…

— Oui…

— Je vais y aller, alors.

— D'accord. Bon… Je vais chercher ta veste. »

Clarisse m'ouvre la porte, reste un peu en travers de mon chemin. J'attends un instant, elle s'écarte. Je sors en la remerciant pour cette soirée délicieuse. Elle me répond que c'était un plaisir.

La porte se referme.

Je cherche du doigt la minuterie, tâtonnant dans le noir.

Quand la lumière vient, je regrette que Clarisse ne m'ait pas embrassé.

« Tu rentres bien tard, dis-moi !

— Salut, Julia. Tu ne dors pas encore ?

— M'en parle pas, j'arrive à l'instant moi aussi. Ma fille a la grippe, et elle a exigé que je vienne la voir. Je te jure, quel caractère, sa grand-mère déteint sur elle ! Heureusement, elle s'est endormie… Et toi, t'étais où ?

— Euh… Chez Mick ! On n'a pas vu l'heure passer !

— Vous n'avez pas changé, tous les deux. Tiens, en rentrant j'ai trouvé une enveloppe par terre, je crois qu'on l'avait glissée sous la porte. Je te l'ai posée là-bas. »

J'ai compris, à la seconde où j'ai vu l'enveloppe vierge, que la précédente ne m'était pas arrivée par erreur. Ces lettres anonymes m'étaient bel et bien destinées. Pour ne pas que j'en doute, le corbeau était venu la déposer à mon appartement.

J'ouvre l'enveloppe avec fébrilité, déplie la feuille. L'écriture est la même, mais le message que je découvre est un peu plus long, cette fois :

Il ne t'appartient pas. Il était à ma mère.

Un frisson me parcourt quand je comprends de quoi il s'agit.

Le carnet.

Non seulement quelqu'un veut mettre la main sur mon carnet, mais en plus il en revendique la propriété. Je pensais que personne n'était au courant de son existence, je me trompais.

Il était à ma mère.

Qu'est-ce que ça veut dire ? Il était à *mon* grand-père, qui le tenait de son père ! Et c'est à moi qu'il l'a donné, il ne peut appartenir à personne d'autre !

Et de quelle mère s'agit-il, d'abord ? Papi n'avait pas de sœur, ni de fille…

Ah ! je n'aime pas ça…

Qui savait, pour ce carnet ? Qui pourrait vouloir me le prendre ?

Cette nuit, je vais le glisser sous mon oreiller. On ne sait jamais.

« Bonjour, monsieur, vous désirez ?

— Bonjour, madame ! Voilà, je cherche une certaine Louise qui travaille ici, je pense.

— Vous avez besoin d'un architecte ?

— Eh bien… non. Juste de Louise. C'est personnel.

— Vous connaissez son nom de famille ?

— Absolument pas. Je veux voir la Louise qui a reçu des bouquets de fleurs ces jours-ci.

— Ah, c'est vous, les fleurs ! Toutes les collègues parlent de l'admirateur secret de Louise en ce moment, vous savez !

— Non, ce n'est pas moi, mais…

— Allez, ne faites pas votre timide, c'est forcément vous, mignon comme vous êtes !

— Bon, euh… Oui, j'avoue, c'est moi, mais vous ne lui dites rien, d'accord ?

— D'accord ! Ce sera notre petit secret ! Au fond du couloir, deuxième porte à droite. Je croise les doigts pour vous.

— Merci…

— Bonne chance ! »

Ça, c'est fait. Le problème, maintenant, c'est que je n'ai aucune idée de ce que je vais faire, ou dire.

« Bonjour, vous êtes bien Louise ?

— Oui, c'est moi.

— Je vous cherchais parce que…

— Oui ?

— Parce que… je… je devais vous livrer des fleurs mais on vient de me les voler !

— On vous a volé des fleurs ?

— Eh oui… Tout arrive de nos jours ! Bref, je venais vous informer que nous vous les remplacerons, cela va de soi, mais, si vous les attendiez aujourd'hui, ne vous inquiétez pas.

— D'accord, merci. Dites-moi, on s'est déjà vus, non ?

— Non, je ne crois pas. Mais j'ai déjà fait quelques livraisons dans le coin. Bon, alors… au revoir.

— Attendez !

— Oui ?

— Vous savez qui me les envoie ?

— Secret professionnel, mademoiselle.

— Soyez gentil…

— Allez, c'est bien parce que c'est vous… Il a la trentaine. Très beau mec.

— Très beau ?

— On dirait un mannequin. Ou un acteur.

— Vous êtes sérieux ?

— Oui. Et très gentil en plus, très poli, il laisse toujours un gros pourboire ! Vous êtes une chanceuse, vous !

— Ah ! eh bien, oui, si vous le dites…

— Au revoir, mademoiselle ! »

Ouf ! Il faudra que je prépare mieux ma prochaine intervention, mais je suis sur la bonne voie. En revanche, si Mick apprend ça, je vais passer un sale quart d'heure…. Enfin, le coup du livreur, quelle belle improvisation !

« Tu as l'air bien joyeux !

— Cela vous pose problème, patronne ?

— Arrête de m'appeler comme ça…

— OK, désolé. En fait, je viens de faire quelque chose d'assez marrant, rapport à Mick, je t'expliquerai à l'occasion.

— Ce soir par exemple !

— Ce soir ?

— Je me disais que tu pourrais peut-être m'inviter chez toi… Je suis curieuse de voir ton appart !

— Ce serait avec plaisir, mais en ce moment, chez moi, il y a… un cousin. À trois, ce serait pas pareil, tu comprends.

— Oui, c'est sûr. Il reste longtemps ?

— Quelques jours *a priori*, il ne sait pas trop.

— D'accord. On déjeune ensemble ?

— Allons-y. »

Pendant le repas, Clarisse me pose un tas de questions sur mon cousin. D'où vient-il ? Que fait-il ? Est-il aussi beau que moi ? Sait-il quand il va partir ?

Sur ma lancée, j'improvise à nouveau. Il s'appelle Giovanni, il vient d'Italie, cela fait très longtemps qu'on ne s'était pas vus. Il est ici pour revoir la famille, et passer du bon temps…

« Amène-le un soir quand on ira boire un verre après le boulot. Ça lui fera fréquenter des Français, c'est bien pour lui !
— Madame est intéressée ?
— T'es vraiment bête.
— Mais non, je…
— Y a pas de *mais*. T'es juste bête. Et puis arrête un peu avec ces élastiques, c'est stressant à force ! »

Je ne m'en étais pas rendu compte, mais le carnet est entre mes mains, et je suis en train de faire claquer les élastiques contre le cuir avec le bout de mon index.

« Qu'est-ce que c'est, ce carnet ? C'est nouveau, non ?
— Oui, mais ce n'est rien. Je note de petites choses… Rien d'important. »

En le rangeant dans ma veste, je me dis qu'il faudrait que je fasse preuve de plus de discrétion. Je ne peux pas faire autrement que de le garder sur moi avec la menace qui pèse sur lui, mais je ne veux pas éveiller les soupçons, ni passer pour un fétichiste. Clarisse n'est pas au courant pour mon grand-père et l'héritage, mais mieux vaut être prudent…

En poussant la porte de mon appartement, j'ai tout de suite compris. Ce bruit de frottement qui en accompagnait l'ouverture émanait forcément d'une nouvelle enveloppe glissée là par l'auteur des deux précédentes.

Je l'ai décachetée frénétiquement :

Il m'appartient. Je viendrai le récupérer ce soir, à 19 heures.

Il est 18 h 30.

Je ne cesse de lire et relire le message, tout en sachant qu'il ne m'apportera aucune réponse. Par dépit, je le déchire et le jette à la poubelle. Je remarque un des bouts de papier sur lequel je peux lire clairement les mots « *ce soir* ».

Les morceaux…

Mais oui ! J'ai déchiré la lettre de papi chez le notaire, mais il a très bien pu la reconstituer ! Et maintenant, ce vieux fou veut s'emparer du carnet et de son pouvoir ! Il va sûrement me dire que sa mère avait bien connu mon grand-père, ou une histoire de ce genre, quelque chose que je ne pourrai pas vérifier et qui lui permettra de réclamer le carnet…

Cela ne se passera pas comme ça. J'ai un peu de temps devant moi. Il ne va pas être déçu de l'accueil que je lui réserve, monsieur le notaire.

Tout est prêt. Julia est arrivée durant mes préparatifs, et je lui ai ordonné d'aller se mettre à l'abri dans la chambre. Elle a tenté de résister jusqu'à ce que je lui assène d'un air convaincu :

« Je te le dis pour ton bien. Quelqu'un va passer me voir, et ça pourrait être dangereux. »

Maintenant, elle est en sécurité. Je suis assis sur le canapé, et teste ma rapidité à me saisir de la bombe lacrymogène cachée sous le coussin à ma droite, et de la matraque camouflée sous celui à ma gauche.

Ce notaire est vieux, donc, s'il vient, il sera soit armé, soit accompagné d'un homme de main.

Dans tous les cas, mon plan est simple : si lui ou son cerbère se montre ne serait-ce qu'un tantinet menaçant, je l'aveugle avec le gaz puis l'assomme d'un bon coup de matraque derrière la tête. J'ai vu ça dans des dizaines de films, je serai capable de faire de même, assurément.

À travers la porte que j'ai laissée entrouverte, j'entends des pas dans le couloir. Leur bruit s'accentue, puis cesse quand je vois une ombre se dessiner dans l'entrebâillement.

Il est là.

Il attend sournoisement.

Je suis prêt :

« Entre, vieux débris. Viens donc te mesurer à moi ! »

Une main pousse la porte.

La mienne glisse vers le coussin à ma droite.

Un homme entre prudemment, se contentant de faire un pas à l'intérieur. Il doit avoir à peu près mon âge. Je ne l'ai jamais vu.

« C'est à moi que vous parlez ?

— Qui êtes-vous ? C'est lui qui vous a recruté ? Pourquoi m'avez-vous envoyé toutes ces lettres ? »

Il ouvre la bouche pour me répondre quand j'entends la voix de Julia dans mon dos :

« Robbie ?

— Salut, Julia.

— Mais qu'est-ce que tu fais là ?

— Les lettres dont ton ami parle, tu ne les as pas lues ?

— Mais non, quelles lettres ? »

Julia tourne la tête vers moi, l'air interrogateur.

« J'ai reçu trois lettres bizarres. Je ne te les ai pas montrées parce que, euh…

— Je m'excuse, mais elles étaient pour Julia, en fait. Je voulais récupérer le collier de ma mère. »

Elle lève les yeux au ciel, l'air agacé, et retourne dans la chambre. Planté face à Robert, je ne sais que dire ou que faire. Heureusement, Julia revient en soufflant bruyamment et lui tend un collier serti d'une très grosse pierre.

« Je te signale que tu me l'avais offert pour nos fiançailles.

— Et je te rappelle que nous ne sommes plus fiancés. C'est un bijou de famille, tu l'as toujours su.

— J'avais oublié. Ça peut arriver, non ?

— Oui, surtout à toi… »

Elle retourne dans la chambre en claquant la porte.

Je demande à Robert :

« C'est tout ?

— Oui, pourquoi ? Je tiens à ce collier, il doit rester dans la famille.

— Je comprends. Donc, tu ne venais pas pour…

— Quoi, me battre avec toi ? Ah non, pas du tout. Julia est une grande fille, elle fait ce qu'elle veut. Tu voulais qu'on se batte, toi ?

— Euh, non.

— Tant mieux. Je ne suis pas un bagarreur, moi.

— Moi non plus. Enfin, je ne crois pas. »

Il m'adresse un sourire franc et me tend la main.

« Au plaisir, alors !

— Oui, c'est ça.

— Et bon courage ! »

Il m'envoie un dernier salut de la main et referme la porte délicatement.

C'est terminé.

D'un coup, je me sens ridicule avec mon plan d'attaque, et tout mon attirail. J'ai été un brin paranoïaque et je n'en suis pas très fier.

Pourtant, un sentiment domine ma honte : je suis soulagé. Personne ne menace le carnet. Personne n'est au courant de son existence.

Il est à moi.

Aujourd'hui, bonne nouvelle ! Solène et Marie viennent me voir. Et pas pour rien. Quatre cent mille euros, environ. Voilà qui fait plaisir.

Quand elles sonnent, Julia se précipite pour leur ouvrir. Surprises, mes sœurs simulent bien vite un sourire en la saluant. Solène me fait les gros yeux quand elle passe devant moi, aussitôt imitée par Marie.

Qu'ils sont tous fatigants…

Quelques minutes plus tard, Julia sort faire une course. Sitôt la porte refermée, c'est un déluge qui s'abat sur moi :

« Qu'est-ce qu'elle fout là ?

— Rien, je l'héberge quelques jours.

— C'est une plaisanterie ?

— Je ne fais que la dépanner, rien d'autre !

— Rien d'autre, tu en es sûr ? Juste une question : elle ne serait pas célibataire depuis peu, par hasard ?

— Elle vient de se séparer de son mec, en effet…

— Voilà ! Et bien sûr, cela n'a absolument rien à voir avec l'héritage, n'est-ce pas ?

— Vous dites n'importe quoi !

— Non, *tu* fais n'importe quoi ! Bon, je crois que c'est le moment. Qu'en dis-tu, Solène ?

— Oui, c'est le moment.

— Quoi, qu'est-ce que vous dites, quel moment ?

— Tu le sais très bien. Conseil des sœurs !

— Oh non ! vous n'allez pas me refaire ce vieux truc…

— On va se gêner, tiens. Allez, assieds-toi. Conseil des sœurs ! »

Le *conseil des sœurs* est un concept assez particulier que les jumelles ont inventé durant notre jeunesse. Le principe est simple : je m'assois, elles parlent, je me tais.

Au fil des séances, elles ont peaufiné le principe et de nouvelles règles sont venues s'ajouter à la liste initiale : interdiction de se boucher les oreilles, pas le droit de souffler pour exprimer son désaccord, interdiction de lever les yeux au ciel, grimaces prohibées. Le tout sous peine de sanctions sévères et à effet immédiat.

Cela fait bien quinze ans que je n'y avais pas eu droit, et j'ai cru un instant qu'elles plaisantaient, mais non : Marie m'a désigné une chaise du doigt, et a déclaré le conseil officiellement ouvert. Je les connais trop : quand elles ont quelque chose en tête, pas moyen de les raisonner. Alors, je me suis assis. Et je me suis tu.

Les jumelles m'avouent d'emblée qu'à l'époque déjà elles n'aimaient pas trop Julia, et qu'elles étaient contentes que je me sois décidé à la quitter. C'est vrai que je ne leur avais pas réellement exposé les circonstances de la séparation, je ne voulais pas m'embarrasser des détails – c'est ma vie privée après tout. Mais après tout, Julia ne m'a jamais annoncé qu'elle me quittait, elle a juste déménagé ; il n'est donc pas illégitime de dire que je l'ai quittée suite à cet acte impardonnable.

Tout est question de point de vue…

Toujours est-il que j'ai été surpris du désamour de mes sœurs pour mon ex, mais, en étant contraint de les laisser s'épancher sur le sujet, j'ai appris qu'elles trouvaient que Julia était une petite allumeuse, qu'elle minaudait constamment avec leurs hommes et qu'elle avait même tenté des avances discrètes avec Claude, le mari de Solène. Ça m'a scié. Littéralement. Parce que je n'avais jamais remarqué le moindre manège.

Pour finir, elles m'ont dit de bien réfléchir à propos de la « coïncidence » entre l'héritage et le grand retour de Julia dans ma vie.

« Au fait, pourquoi tu gardes toujours le carnet sur toi ?

— …

— C'est bon, le conseil est fini, tu peux parler.

— Pas trop tôt…

— Alors ? Qu'est-ce que tu fais avec le carnet constamment sur toi ?

— Je ne l'ai pas toujours sur moi !

— Ce n'est pas le carnet de papi qui dépasse de ta poche ? C'est un carnet sosie, sans doute !

— Ah, tiens, il est dans ma poche ? Je ne m'en étais même pas rendu compte !

— Tu ne vas pas nous la jouer comme grand-père, dis ? Déjà que la dernière fois tu m'as fait peur avec ton histoire de carnet magique…

— Bien sûr que non. D'ailleurs, je ne l'ai pas ouvert depuis plusieurs jours, c'est juste que j'aime bien le garder comme il le faisait. En souvenir.

— Mouais… Bon, passons aux choses sérieuses. Si on sortait les nôtres, de carnets ? Nos carnets de chèques, ça te dit ?

— Ma foi, ce n'est pas de refus. »

Pendant qu'elles écrivent sur les rectangles de papier, je me dis que, de ma vie, je n'aurai jamais eu autant d'argent. Que vais-je bien pouvoir en faire ?

En plus de l'argent, je me rends compte une fois de plus que j'ai des sœurs en or. On entend souvent parler de familles qui se déchirent pour un héritage, mais, elles, elles partagent avec moi. Elles partagent tout. C'est bon de les avoir.

Les jumelles m'embrassent, je les raccompagne en les remerciant encore une fois. Moins d'une minute après, Julia revient en trombe.

« Ça y est, tu l'as ?

— Oui.

— Génial !

— Je serai plus rassuré quand il sera à la banque, et que je verrai tous ces chiffres sur mon compte.
— Je suis trop contente pour toi ! »

Elle me saute au cou et m'embrasse. Pas sur la bouche, non, mais pas vraiment sur la joue non plus. Entre les deux, sur la commissure des lèvres.

« Bon, on fête ça ? La course que j'avais à faire, la voici : champagne !
— Eh bien, pour une surprise ! Deux bouteilles, en plus ?
— Oui, ça le vaut bien ! »

J'ai fait une énorme bêtise, hier soir.

Énorme.

Je viens de m'en rendre compte à l'instant. Quand je me suis réveillé ce matin, avec une incroyable migraine, je me suis juste dit que, une fois de plus, l'alcool ne réussissait ni à mon corps ni à ma mémoire. Il me restait quelques bribes de mon début d'ivresse : les deux bouteilles ont été vidées rapidement, puis on a enchaîné sur le gin et la vodka. Après, trou noir. Rien de bien méchant *a priori*.

Ma première réaction a été de me demander si Julia et moi avions couché ensemble, mais, en arrivant dans le salon, il m'a sauté au visage.

Mon carnet.

Il était là, encore ouvert, sur la table. À côté, des cadavres de bouteilles et un stylo.

Je l'ai pris et ai commencé à le feuilleter.

Sur la cinquième page, j'ai reconnu mon écriture, mais elle était encore plus difficile à lire que d'habitude.

J'avais écrit : *Ma première biture.*

Page six : *La fois où Julia a vomi chez sa mère.*

Page sept : *Quand Julia est tombée du podium en boîte.*

Je tourne les pages. Huit, neuf, dix, onze…
Une suite de souvenirs idiots avec Julia.

Douze, treize, quatorze, quinze…
Toujours le même genre d'âneries. Le summum est atteint à la page dix-sept. Je déchiffre péniblement : *Quand Mick s'est endormi dans les toilettes.*

Je n'arrive même pas à lire ce que j'ai écrit sur les quatre pages suivantes. Seule la page vingt-deux parvient à calmer un instant mon angoisse : elle est blanche. Les suivantes aussi.

Hors de moi, je cours réveiller Julia :

« Qu'est-ce qu'on a fait hier soir ?
— Hein ?
— Julia, je te demande ce qu'on a fait hier soir !
— Mais laisse-moi me réveiller, pourquoi t'es si énervé ? On n'a pas couché ensemble si tu veux savoir…
— Mais je m'en fous ! Je te demande ce que j'ai fait avec le carnet de Sylvio !
— Le carnet ? Oh ! je me souviens pas trop, j'étais aussi soûle que toi…
— Fais un effort !

— T'étais un peu bizarre, mais on a bien rigolé. On se racontait des souvenirs, des trucs marrants qu'on avait faits, avant, et je ne sais pas pourquoi mais tu te levais toutes les cinq minutes pour écrire dans ton carnet, et après tu m'en racontais d'autres… C'était trop drôle, tu ne te souviens pas ?

— Non, je ne me souviens pas. Mais ça devait être très drôle en effet. *Ciao*, bon réveil. »

Je sors, enragé contre Julia. En marchant sous la pluie, je me rends compte que c'est à moi que je devrais en vouloir. J'ai été d'une stupidité confondante. Utiliser le pouvoir du carnet pour de telles bêtises, c'est impardonnable…

J'ai gâché dix-sept souvenirs ! Presque six années de ma consommation de souvenirs, envolées !

Je m'en veux. Terriblement. Pourquoi ai-je fait ça ? Peut-être la frustration, je ne sais pas. Je passe tellement de temps à m'empêcher de l'utiliser, pour ne pas gâcher, qu'il m'a suffi de quelques verres pour abandonner toutes mes bonnes résolutions.

C'est décidé, j'arrête de boire. Terminé.

Malgré la pluie qui redouble d'intensité, je n'ai pas envie de retourner chez moi. Le tonnerre gronde, et me fait machinalement entrer dans le premier bar, où je me jette sur une chaise et commande un café.

Pour me calmer, je regarde les gens passer, dehors. Certains activent le pas tant bien que mal, rentrant la tête dans les épaules ; d'autres évitent de se mouiller les cheveux en mettant leur sac au-dessus de la tête.

Quelques jeunes courent et sautent par-dessus les flaques en riant. Et puis je vois passer un vieux couple, lentement, tous deux abrités sous le même parapluie, semblant étrangers à l'agitation qui règne autour d'eux. Une image me revient alors, comme un flash.

Tant pis pour mes bonnes résolutions, je ne suis pas à un souvenir près.

Je sors mon carnet, l'ouvre en prenant soin que les gouttes dégoulinant de mes cheveux ne tombent pas sur une page, et écris :

22

papi et mami face à l'océan

Pendant le trou noir, je me rappelle ce week-end au bord de l'océan, il y a une dizaine d'années. Le samedi, nous avions assisté au mariage d'une lointaine cousine, chacun s'étant fendu d'un « Mariage pluvieux, mariage heureux ! » à l'adresse du couple dépité par le mauvais temps qui gâchait un peu la fête. Papi avait préféré rester le dimanche, espérant que les conditions s'améliorent avant de reprendre la route. Malgré la pluie, j'avais décidé d'arpenter le front de mer, m'ennuyant trop fermement dans ma chambre d'hôtel.

La lumière se fait au moment où je m'abrite dans un café-restaurant. Tous les flâneurs téméraires s'y étant réfugiés, il ne reste qu'une table de libre, celle tout contre la vitre, là où il fait le plus froid. Je commande un chocolat chaud et jauge la sévérité des éléments. Je jette un œil dehors et mon regard est attiré par deux silhouettes colorées jurant avec le gris ambiant. On dirait papi et mamie… Mais oui, c'est bien eux ! Ils se promènent malgré la pluie et le vent, revêtus du même ciré jaune et abrités sous un unique parapluie qu'ils doivent tenir à deux pour ne pas qu'il s'envole. Après quelques mètres, ils s'arrêtent et font face à l'océan démonté. Papi tend le bras pour faire sortir sa main de la manche trop longue de son imperméable, et prend la main de mamie. Ils restent là quelques minutes, sans rien se dire, pendant que je rapproche la tasse de mon visage pour que les volutes de fumée réchauffent mon nez rougi par le froid.

Mamie penche doucement la tête et la pose sur l'épaule de papi. Avec ma manche, j'essuie la buée qui s'est accumulée sur la vitre, et vois papi l'embrasser sur le front et la serrer contre lui.

Il me semble qu'ils ferment les yeux.

Je comprends alors avec stupeur qu'après tant d'années de mariage, papi et mamie sont toujours amoureux. Je prends conscience qu'il est possible d'être vieux et de s'aimer encore. Du haut de mes vingt ans, cette idée me met mal à l'aise, je le ressens très clairement.

Pourtant, mes yeux d'aujourd'hui voient cela différemment. On croirait que, face à l'océan déchaîné, ils regardent leur vie, tous les moments difficiles qu'ils ont affrontés ensemble. Et là, bien à l'abri, bien protégés par leur amour, ils savent qu'ils ont gagné. Ils sont sur la berge, loin des vagues, loin du danger.

Ne leur restent que les bons moments, toutes ces choses qu'ils ressentent, qu'ils partagent sans rien se dire. Tout ce qui les unit et que je ne pourrai sans doute jamais comprendre.

L'amour de toute une vie.

Noir.

J'avais décidé d'évoquer des souvenirs plus joyeux, mais me voici encore à sentir une larme couler sur ma joue en refermant le carnet. Je l'essuie rapidement, espérant que personne ne l'ait vue. Je trouve étrange de pleurer aussi facilement ces derniers temps, sachant que ce n'est pas du tout mon genre.

Quelle chance avaient mes grands-parents… J'ai l'impression que cela est réservé aux anciens, qu'aujourd'hui on s'aime quelques années, et puis l'amour s'envole, lentement, comme la vapeur s'échappe d'une tasse de chocolat chaud. Sans que l'on s'en rende vraiment compte.

Y aura-t-il quelqu'un pour me donner la main, face à l'océan, dans trente ou quarante ans ?

Et à qui aimerais-je la donner, cette main sèche et ridée qui sera la mienne dans si longtemps ?

L'espace d'un instant, l'image de Clarisse s'impose à moi. Je suis étonné d'avoir pensé à elle, étant donné que nous n'avons en commun qu'une nuit dont je ne me souviens même pas. Il y a le reste bien sûr, le dîner chez elle, tous les moments au bureau…

Il faut que j'en aie le cœur net. Demain, je lui parle franchement, et tente ma chance. Si elle me repousse, au moins je serai fixé. Je n'ai quand même plus vingt ans, je peux prendre les choses en main, pour une fois.

Allez, quand elle arrive, je lui prends la main et l'invite à déjeuner. Le message sera clair, et si elle n'est pas intéressée ça lui laissera quelques heures pour trouver une manière de me repousser sans trop me blesser.

Oui, je vais faire ça.

« Bonjour, Clarisse ! »

Elle passe devant moi sans même me répondre.

« Clarisse ! »

Pas un mot. Pas même un regard. Je la suis dans son bureau et ferme la porte derrière moi.

« Quelque chose ne va pas ?

— Non, en effet, ça ne va pas. Et tu sais très bien pourquoi.

— Mais non, voyons !

— Vraiment ? Alors commence donc par me dire ce que tu en penses.

— Ce que je pense de quoi ?
— De ça. »

Son doigt pointe ma poitrine.

« Quoi, qu'est-ce qu'il y a avec mon cœur ?
— Je te parle de ce qu'il y a dans la poche intérieure de ta veste. Ton prétendu carnet de notes.
— Et donc ? Je ne vois pas où tu veux en venir.
— Je te parle de ce qu'il y a écrit dedans !
— Tu l'as ouvert ?
— Oui, l'autre midi, quand tu t'es levé pour aller payer l'addition ! Dire que je t'avais trouvé galant... Bref, tu sais très bien où je veux en venir !
— Mais non ! Comment pourrais-je le savoir ?
—Tu essaies de me faire croire que tu ne l'as pas regardé ? Tu me prends vraiment pour la reine des idiotes ! Tu passes ton temps avec cette connerie de carnet entre les mains et tu vas oser me dire, là, dans les yeux, que tu n'as pas lu ce que j'y ai écrit ?
— Tu as écrit dans mon carnet ?
— Oui, à la cinquième page ! Ne fais pas l'innocent s'il te plaît ! »

J'ouvre le carnet à la page cinq. Clarisse blêmit...

« C'est pas vrai...
— Quoi ?
— Tu as effacé ce que je t'avais écrit ? Et tu as écrit quelque chose par-dessus ?
— Je n'ai rien effacé, Clarisse, je...
— Donne-moi ça ! »

Elle m'arrache le carnet des mains.

« Tu as écrit "Ma première biture" ? Non seulement tu l'as effacé, mais en plus tu as écrit cette débilité à la place ?

— Clarisse, écoute-moi…

— Tu n'as vraiment aucun respect pour moi, tu es… tu es un… »

Elle n'a pas pu finir sa phrase. Sa voix s'est brisée, et elle s'est mise à pleurer. Comment lui expliquer ? Je me lève et essaie de la prendre dans mes bras, mais elle me repousse.

« Je suis désolé, Clarisse, mais je…

— Ne me touche pas !

— Tu ne me croirais pas si je t'expliquais, pourtant je t'assure que je n'ai rien effacé. Dis-moi au moins ce que tu avais écrit !

— Tu veux vraiment le savoir ? J'avais écrit "Je t'aime"… Ça t'étonne ? Que fallait-il que je fasse, que je te saute dessus comme je l'ai fait le premier soir ? Je n'avais jamais osé aller vers un homme de manière si directe, et ça n'a pas été facile, crois-moi. Et toi, tu ne m'as rien donné les jours suivants, tu n'as rien fait. Je t'ai invité chez moi…

— J'ai adoré cette soirée, sincèrement !

— Tu l'as tellement adorée que tu n'as pas daigné me rendre la pareille, moi, je n'ai pas le droit de pénétrer dans ton univers !

— Mais c'est parce qu'il y a quelqu'un chez moi !

— Oui, ton fameux cousin…

— C'est compliqué, Clarisse…

— Oh non ! au contraire, c'est très simple. Je t'ai montré tout ce que je pouvais te montrer, mais toi, tu… tu n'as rien fait.

— Parce que je n'osais rien faire, Clarisse. Je ne sais pas pourquoi. Mais justement, j'ai réfléchi, et maintenant…

— Maintenant, je crois que mon amour pour toi s'est effacé, lui aussi. C'est drôle, tu ne trouves pas ?

— Je… Clarisse…

— Tu ne sais même pas quoi dire… Lâche mon bras, et laisse-moi partir. Laisse-moi partir ! »

Je l'ai laissée s'en aller. Il est inutile que j'essaie de lui dire la vérité. Que pourrais-je lui expliquer ? Que mon carnet est magique et que moi seul peux écrire dedans, sinon tout disparaît ? Non, je ne peux pas. Donc je reste seul.

« Je t'aime ». Clarisse m'avait écrit « Je t'aime ». Je n'en reviens pas. Et mon foutu carnet a effacé ce que je voulais entendre.

Je comprends sa réaction, évidemment. Mais il va bien falloir que je trouve une explication plus ou moins rationnelle à lui fournir, afin qu'elle me pardonne et que je puisse le lui dire, à elle aussi. Dans les yeux.

Je disais tout le temps « Je t'aime » à Julia. Enfin, tout le temps pendant l'amour. Elle me l'a fait remarquer, un jour. Je ne m'en étais jamais rendu compte.

Je t'aime. Si ces trois mots n'existaient pas, la moitié des films et les trois quarts des livres n'existeraient pas non plus.

Je me demande quand quelqu'un m'a dit « Je t'aime » pour la première fois, mais je n'arrive pas à me souvenir. Peut-être la petite voisine, quand j'avais six ou sept ans, elle disait à mes grands-parents qu'elle était mon amoureuse et j'avais l'impression que j'allais mourir de honte sur-le-champ. Oui, je crois que c'est elle. Je me souviens de ses petites nattes, et de ses cheveux blonds. Ou bruns, je ne sais plus…

J'ai bien envie d'en avoir le cœur net. Jusqu'il y a peu, j'aurais hésité à me servir du carnet, comme ça, sur une impulsion, mais après la catastrophe de ma soirée arrosée avec Julia, je vois les choses différemment.

Je vais utiliser les souvenirs comme bon me semble jusqu'au quatre-vingt-dix-neuvième. Peu importe si je les consomme en un mois ou en quelques années, l'essentiel est de garder le dernier pour la fin de ma vie, comme je l'avais décidé.

Je suis même pressé d'arriver à l'avant-dernier : à ce moment-là, je cacherai le carnet dans un endroit sûr et n'aurai plus à m'en préoccuper. Je ne serai pas stressé à le garder toujours sur moi, comme un gagnant du Loto qui vivrait dans la peur incessante de perdre son précieux sésame. J'ai vu ce que cela donnait avec papi, et ces derniers jours tout le monde m'a fait la remarque, ils me trouvaient bizarre à le tenir constamment entre mes mains, pour le remettre nerveusement dans ma poche, le reprendre cinq minutes plus tard et ainsi de suite. Mick m'a même dit qu'il y avait anguille sous cloche avec ce carnet.

Sous *roche*, Mick. *Anguille sous roche*.

C'est décidé : je les utilise à ma guise, mais garde le dernier. Je crois que c'est un bon choix.

Et je vais commencer tout de suite : j'ai envie de revoir la tête de cette petite voisine, dont je ne me rappelle pas le prénom mais dont je me souviens du « Je t'aime ».

23

la première fois
qu'on m'a dit
je t'aime

Quand la lumière revient, je suis un peu étonné : tout est flou. J'ai cru que ça passerait, mais il y a bien cinq minutes que je suis dans mon souvenir et j'ai comme un filtre sur les yeux. Tout ce qu'il me semble apercevoir, c'est un lustre. Je n'en suis pas tout à fait sûr, mais j'ai l'impression d'être allongé, les yeux grands ouverts vers le plafond.

Et il ne se passe rien.

Est-ce que je suis sur un lit d'hôpital ? Je ne crois pourtant pas avoir été hospitalisé durant mon enfance.

Alors où suis-je ? Qu'est-ce que c'est que ce souvenir ? Mon carnet doit avoir des ratés.

Au bout d'un laps de temps qui me paraît interminable, je sens qu'il se passe quelque chose en moi. Une boule d'énergie naît dans mon ventre et se répand dans mon corps, pour monter jusqu'à mon visage. La force de cette sensation me surprend. Cette étrange énergie se concentre lentement vers mes yeux, et, soudain, elle se libère bruyamment.

Je pleure.

Ces pleurs qui émanent d'un corps que j'ai du mal à ressentir sont ceux d'un nourrisson. Je comprends enfin : je suis un bébé. Je suis moi, bébé.

Les pleurs durent depuis quelque temps déjà, et je suis submergé par un sentiment d'insécurité d'une violence rare. Tout est vide, tout n'est que peur, je ne suis qu'attente.

Quand apparaît le visage au-dessus de moi, l'insécurité s'envole en une seconde, je suis envahi par le bien-être. Deux bras immenses me soulèvent comme une plume, et le décor se déplace autour de moi.

Nous marchons.

Les mouvements s'arrêtent, et je revois le visage. Il est toujours flou, mais mes yeux font un effort et les traits se dessinent. Je crois que c'est une femme. Oui, j'en suis sûr maintenant. Une femme que je n'ai jamais vue.

« Là, là, maman est avec toi. »

À l'intérieur de ce petit corps si rassuré, si entouré de chaleur et de plénitude, l'homme que je suis est pétrifié.

C'est la première fois que je vois ma mère. Elle a les mêmes yeux que mes sœurs, et de très longs cheveux. Elle se met à entonner une lente mélodie. C'est la première fois, aussi, que j'entends sa voix.

Elle me berce tout en fredonnant, et je ne sais si cela dure une seconde ou des heures entières.

« Maman va partir, mon chéri. Avec papa, nous allons faire un grand voyage, voir des gens qui ne vivent pas comme ici. Mais papa et maman ne peuvent pas vous emmener, alors c'est papi et mamie qui s'occuperont de vous. »

Elle me berce encore un moment, jusqu'à ce qu'une voix d'homme résonne au loin.

« Ma fleur, on y va. Tu as bien pris toutes les affaires, tu n'as rien oublié ?

— Non, j'ai tout. J'arrive ! »

Mon père, sans doute. Enfin, mon géniteur.

Le décor bouge à nouveau. Les longs bras me reposent en dessous du lustre de tout à l'heure.

« Ça y est, je m'en vais maintenant. »

Le grand visage s'approche et dépose un baiser sur ma bouche.

« Au revoir, mon loulou. Je t'aime. »

Et elle disparaît. Le bébé que je suis ne réagit pas, ne se rend compte de rien. Moi, j'ai bien compris que c'était la dernière fois que la voyais. Et je bous intérieurement.

Le noir se fait.

Alors, c'est ça ? C'est de cette manière qu'elle m'a dit au revoir, en se fendant d'un « Je t'aime » pour se donner bonne conscience ? Parce que, si j'en crois le carnet, c'était la première fois qu'elle me le disait. Trois mots, un baiser, et puis s'en va. Un abandon vite expédié. Ma vision avait beau être floue, j'aurais vu les larmes dans ses yeux, s'il y en avait eu.

Je n'y ai rien vu.

Je suis énervé, et en même temps rassuré. Je n'ai rien perdu, je crois. J'ai même tout gagné à vivre avec papi et mamie. Que du bonheur.

Toujours est-il que mon premier « Je t'aime », c'était de la foutaise, une arnaque sentimentale.

Malgré tout, j'aurais tant aimé rester dans les bras de l'arnaqueuse un peu plus longtemps…

Plus de deux mois que je n'ai pas revu Clarisse. Je comptais avoir une explication avec elle les jours suivant notre dispute, mais elle n'est jamais revenue au boulot. Elle a envoyé sa lettre de démission et n'est même pas passée récupérer les quelques affaires personnelles qui étaient dans son bureau.

Oh ! je l'ai bien appelée, mais en vain. Je me suis contenté de laisser un message, chaque fois ; message sans réponse, chaque fois. Je suis allé chez elle régulièrement : elle ne m'a jamais ouvert.

Je me sens coupable d'une chose dont je ne suis pas responsable. C'est la pire des culpabilités.

Pourtant, si je ne suis pour rien dans l'effacement du carnet, je me dis tout de même que j'aurais dû agir avant. Parler, simplement avoir le courage de lui dire les choses…

Je m'en veux, et cette culpabilité-là, bien réelle et méritée, me perd un peu. Les remords se mêlent aux regrets.

Souvent, les nuits de solitude, j'ai fait appel à mon carnet pour me remémorer quelques moments passés avec Clarisse. Rien d'extraordinaire, juste des rires, des regards, de la complicité.

Sa présence, souvenir après souvenir.

J'ai pensé quelquefois à revivre des moments avec Julia. Il faut dire qu'elle a vite pris l'habitude de s'endormir au creux de mon épaule, alors sentir son odeur, le contact de sa peau nue… J'ai parfois eu envie d'elle.

Mais, très vite, je pensais à Clarisse. Et mon envie disparaissait.

Et puis je n'aurais rien pu tenter, de toute façon : nous n'étions plus seuls dans ma chambre. Cela a commencé quand Julia m'a annoncé, tout sourires :

« Il faudrait quand même que je te présente ma petite ! »

J'ai laissé passer une ou deux secondes à chercher un moyen poli de lui dire que non, vraiment, je ne voyais pas l'intérêt, mais avant que j'ouvre la bouche elle a enchaîné par un :

« Ma mère me l'amène cet après-midi, t'es content ? »

Comme toujours avec Julia, je n'ai pas osé dire non. Mais j'ai lourdement appréhendé son arrivée, étant donné le portrait que sa mère m'en avait fait : une boule de nerfs capricieuse, éternellement insatisfaite.

À mon grand étonnement, elle est entrée en silence, un peu impressionnée peut-être. Elle ne lâchait pas la main de sa mère.

« Bonjour, jeune fille, comment t'appelles-tu ?

— Sarlotte !

— Sarlotte, quel joli prénom !

— Mais non, c'est *Charlotte*, elle ne sait pas prononcer les *ch* !

— Oui, merci, Julia, j'avais compris… Charlotte, tu veux manger un biscuit, une glace ?

— Souette !

— Ah non, Charlotte, tu ne vas pas commencer à grignoter, tu vas en mettre partout !

— C'est pas grave, Julia, elle a trois ans, c'est normal, on nettoiera… Tu feras bien attention, hein, ma jolie ?

— Oui, promis ! »

Elle s'est installée sur le canapé, bien calée dans le fond ; ses petites jambes tendues ne dépassaient même pas de l'assise.

Elle a fait très attention à manger proprement.

J'ai changé de chaîne jusqu'à trouver un programme qui lui plaisait.

Charlotte a regardé son dessin animé. Elle avait le sourire aux lèvres.

Moi, j'ai regardé Charlotte. J'avais le sourire aux lèvres.

Je suis retourné voir Louise, il y a quelques jours. J'avais interrogé Mick à son sujet, l'air de rien, et il ne s'était pas montré très optimiste. Il envisageait d'aller la voir dans quelque temps, quand son inspiration de poète se serait un peu tarie. Ils ne s'étaient plus retrouvés ensemble dans l'ascenseur, malgré les multiples montées et descentes que mon ami y faisait le matin.

J'ai donc pris mon courage à deux mains :

« Bonjour, Louise !
— Bonjour. Encore un problème avec les fleurs ?
— Euh, non. Pas vraiment. En fait, je ne suis pas livreur, je vais vous expliquer… »

Je lui ai tout dit à propos de Mick. Que j'étais son meilleur ami, qu'il avait eu un coup de cœur pour elle, sa timidité, mes craintes qu'elle ne soit effrayée… Je lui ai décrit le Mick que je connais, tendre, aimant, fidèle, simple. Circonspecte au début, elle a semblé curieuse d'en savoir plus.

« Vous auriez une…

— On se tutoie, tu veux bien ?

— Oui. Donc, tu aurais une photo de lui par hasard ? Parce qu'à t'écouter, il est vraiment bien…

— Oui, je t'en ai apporté une. Tiens, dis-moi ce que tu en penses.

— Mais je le connais ! Je lui ai parlé un jour dans l'ascenseur ! Je ne sais pas ce qui m'a pris, d'ailleurs… C'est pas possible !

— Qu'est-ce qui n'est pas possible ?

— Il est tellement beau…

— Tu ne vas pas me faire le coup, non ? Je viens de passer un quart d'heure à t'expliquer de ne pas te fier aux apparences !

— Oui, mais… Je n'aurais jamais pu imaginer que c'était lui. Et je lui plais vraiment ? Moi ?

— Oui, pourquoi pas ? Je ne vois pas ce qu'il y a de si incroyable ! Écoute, il faut que je retourne travailler. Mais je te laisse son numéro et…

— Je n'oserai jamais l'appeler…

— On ne s'en sortira pas avec vous deux ! Bon, prends son numéro quand même, et moi je prends le tien, on ne sait jamais. Et puis je te laisse sa photo, la beauté, c'est comme le reste, il faut s'habituer pour arriver à voir au-delà. Sinon, laissons faire les choses, il se déclarera bien un jour ou l'autre. Au moins, tu sais à quoi t'attendre… »

Elle a rougi, les yeux dans le vague. Comme si elle s'était imaginée un instant dans ses bras. Comme si cela devenait possible.

Charlotte n'est pas retournée chez sa grand-mère, évidemment. Elle est restée chez moi, et nous avons installé son petit lit dans un coin de la chambre. Cela ne m'a pas dérangé, finalement. J'étais même plutôt content de voir sa frimousse en rentrant, le soir, avec son petit nez retroussé et ses jolies robes à fleurs.

Je ne suis pas un spécialiste des enfants, mais j'ai eu l'exemple de mes neveux et nièces et, très honnêtement, cette petite n'est pas du tout le diablotin que Julia m'avait décrit. Il lui arrive de faire de petites bêtises, elle renverse un verre, tombe par terre six à huit fois par jour et pleure un peu, mais rien de bien méchant. Enfin, ce n'est pas ce que semble penser Julia, qui la réprimande systématiquement, et souffle dès qu'elle entend un sanglot en s'exclamant : « Qu'est-ce qu'il y a encore ! », à grand renfort d'écartements de bras.

Pauvre gamine.

Les portes du placard de la chambre, à peine entrouvertes, laissent passer un filet de lumière au travers duquel la fillette voit la silhouette de sa mère se dessiner. Nue, tremblant comme une hystérique, elle cherche dans toute la chambre, un couteau à la main : sous le lit, derrière la porte, dans le premier placard.... Consciente du danger, recouverte du maximum de vêtements qu'elle a pu mettre devant elle pour se rendre invisible, la gamine ne se doute pas que, lorsqu'elle viendra fouiller ici, sa mère la repérera tout de suite. Moi, j'en suis conscient, je vois ses toutes petites chaussures qui dépassent, mais je ne peux rien faire. Pourtant, je voudrais tellement l'aider... Ce n'est pas possible, sa propre mère ne peut pas lui faire ça !

Soudain, les portes du placard s'ouvrent violemment. La petite ne peut étouffer un cri de terreur, cri rapidement éteint par un terrible coup de couteau en pleine poitrine... Je suis terrifié, tous mes membres sont paralysés, et la nausée me monte irrémédiablement. Lorsque le couteau s'apprête à frapper de nouveau, je plaque les mains contre mes yeux et me mets à hurler :

« Hiiiiiiii !
— Oh, le gros bébé !
— Soyez sympa, éteignez !
— Tu vois que t'es trop petit pour voir ça !
— Oh, ça va, j'ai dix ans…
— Mais t'es trop jeune, on t'avait prévenu ! Ouh la fillette ! »

Pendant que je monte me coucher, les rires de mes sœurs se mêlent à des « Poule mouillée ! » et autres « Ouh le bébé ! » qu'elles ne se privent pas de m'assener.

Puis le noir se fait, et la vue me revient sur le carnet encore ouvert :

40

mon premier film d'horreur

Je ne l'ai pas oublié, celui-là : impossible de fermer l'œil de la nuit à l'époque ! Une mère qui poignarde sa petite fille, toute cette violence, tout ce sang… J'ai mis des jours à m'en remettre.

Mais depuis, je me suis rattrapé. J'adore les films d'horreur, j'en ai vu des centaines. Clarisse m'avait dit, le soir où j'ai dîné chez elle, qu'elle aimait bien se faire peur de temps en temps, elle aussi… Nous avions même parlé d'aller au cinéma en voir un ensemble et…

« Qu'est-ce que t'as ?

— Rien, Julia.

— Mais si, t'es tout bizarre ! Tu pensais à quoi ?

— Écoute, j'aimerais pouvoir m'isoler un peu dans ma chambre de temps en temps, sans que tu viennes constamment me déranger…

— Je viens pas te déranger, je viens coucher la petite !

— Déjà ?

— Eh oui, c'est l'heure ! Et vu qu'il n'y a pas d'autre chambre, ici…

— Je n'avais pas vu le temps passer… Laisse, je m'en occupe. »

Je suis en train de border Charlotte et je m'apprête à lui déposer le désormais rituel bisou sur le bout du nez quand elle me demande en murmurant :

« Dis, on ira jouer à la balle demain, au square ?

— Bien sûr, si tu veux.

— Moi, j'adore quand on joue à la balle ensemble.

— Mais moi aussi, ma princesse.

— Robbie, il veut jamais jouer avec moi.

— C'est rien, c'était avant, tout ça.

— Aujourd'hui non plus, il a pas voulu jouer !

— Quoi ? Tu as vu Robert aujourd'hui ?

— Oui. Mais maman m'avait dit de pas te le dire… Aïe, je vais me faire gronder !

— Ne t'inquiète pas, je ne dirai rien à ta maman, promis. Et vous étiez où ?

— Chez Robbie. Maman, elle lui a promis que je serais sage si on revenait habiter chez lui.

— Ta maman veut retourner habiter chez lui ?

— Oui, mais il a dit non. Après, maman m'a encore grondée. Je suis contente qu'il dise non, parce que moi, je veux qu'on reste ici avec toi… »

Je ne sais que lui répondre. Ses grands yeux me fixent, et je préfère embrasser son front que soutenir son regard.

J'ai bien compris le petit manège de Julia : elle m'a menti en disant avoir quitté Robert et se sert de moi jusqu'à ce qu'il la reprenne.

Peut-être avait-elle même gardé le collier volontairement, afin qu'en venant le récupérer il voie qu'elle vivait avec un autre homme et regrette de l'avoir quittée ?

Elle est capable d'un tel calcul.

J'en ai assez d'être un pigeon. Assez d'être une épaule pour dormir, un attiseur de jalousie, un bailleur gratuit.

Je pense qu'il est temps que Julia s'en aille.

Pour ne pas réagir de manière trop impulsive et être sûr de ma décision, j'ai longuement réfléchi à propos de Julia, de ce que m'en disaient Mick et mes sœurs. Et j'ai voulu en avoir le cœur net.

J'ai utilisé le carnet pour revoir certaines choses, certains souvenirs, mais avec mes yeux d'aujourd'hui. Essentiellement des soirées avec du monde, des amis, de la famille.

Et j'ai vu.

J'ai vu la vulgarité, d'abord, page quarante et un. J'ai vu sa façon outrancière de s'habiller, ses provocations constantes. J'ai vu, page quarante-deux, ses sourires aux hommes, à tous les hommes. J'ai vu, page quarante-trois, comme me l'avait dit ma sœur, sa façon d'allumer mon beau-frère devant tout le monde, sans gêne, sans aucun respect pour moi, ni pour elle.

Mes yeux d'avant ne voyaient pas tout ça. Je ne saurais pas me l'expliquer.

J'ai vu une soirée en boîte, page quarante-quatre, au tout début de notre relation. La première fois qu'elle a rencontré Mick. Elle a passé son temps à danser avec lui, à poser ses mains sur son torse autrement plus musclé que le mien, je l'ai vue se pendre à son cou, lui parler au creux de l'oreille. Mes yeux d'avant ne comprenaient pas. Ils n'avaient pas vu non plus l'air profondément gêné et agacé de mon ami.

Les collègues et amis autour de moi voyaient, eux. Leurs regards embarrassés faisaient des allers-retours entre la parade nuptiale de Julia sur la piste et moi dans mon fauteuil. J'interprétais ces regards comme de l'admiration. Vraiment. Je lisais dans leurs yeux : « Elle, cette bombe, elle est avec ce mec ? Regarde-la, elle, et regarde-le, lui ! Il a de la chance… Tu as vu ce corps, tu l'as vue danser, comme elle est sexy ! Et lui il reste là, assis, serein, l'air de rien. J'aimerais être à sa place… »

C'est ce que je pensais. J'étais fier.

Fier de cette fille si belle, si agressivement belle. Je ne voyais rien de ce qu'elle faisait, je ne voyais que ce qu'elle était. Je ne voyais que moi à travers elle. Un moi déformé par le prisme de sa beauté.

Page après page, j'ai eu honte. Terriblement honte du moi d'avant.

Tout cela ajouté aux révélations involontaires de Charlotte…

Ma décision était prise : il fallait qu'elle parte.

Prendre une décision est plus facile que l'appliquer. Je vais y aller avec des pincettes, mais… je crains tout de même sa réaction.

« Tu sais, il faudrait peut-être que tu penses à te trouver un endroit à toi…

— Tu veux me mettre dehors ?

— Pas du tout, je ne te demande pas de partir tout de suite, simplement, il va bien falloir que tu fasses ta vie, non ?

— Faire ma vie, faire ma vie ! Tu crois que c'est facile ?

— Non, justement, ce n'est pas facile. Mais j'aimerais essayer de faire la mienne, Julia. Ou plutôt de la refaire.

— Avec celle à qui tu laisses des messages tous les jours, je suppose ?

— Comment tu le sais ?

— Tu t'imaginais que les cloisons étaient en béton armé d'un mètre d'épaisseur, ici ? J'ai tout entendu. Tu te comportes comme un petit chien, à t'excuser sans cesse. T'as pas changé, à ce que je vois…

— Tu ne sais pas de quoi tu parles.

— Si tu veux rester faible, c'est ta vie après tout… »

Sa réaction est d'une froideur et d'une méchanceté stupéfiantes. Elle me met plus bas que terre, me reprochant de l'abandonner avec sa fille, arguant qu'avec tout l'argent que j'ai, je pourrais faire preuve d'un peu plus de générosité, mais que je ne pense qu'à moi, comme d'habitude. Elle ajoute qu'elle aurait dû faire comme Clarisse, accepter de coucher avec moi pour profiter de ma thune.

Cette dernière phrase me fait comprendre que j'ai eu raison d'ouvrir les yeux. Mille fois raison.

Dans un sursaut de dignité, je lui pose un ultimatum : elle a dix jours pour partir. Pas un de plus.

Quand je raconte à Mick ce qui s'est passé avec Julia, il me congratule chaleureusement. Selon lui, c'était la meilleure décision à prendre :

« Enfin ! Je commençais à désespérer que tu le fasses un jour.

— J'aurais dû me décider avant, je sais. Mais ça m'ennuie pour la petite.

— Je me suis rendu compte que tu t'y étais attaché. Mais il faut que tu avances, et un jour, tu auras la tienne, de Charlotte…

— Oui, peut-être que je suis prêt maintenant.

— Ah ! si seulement Clarisse était restée, tu aurais pu… Je ne comprends toujours pas qu'elle soit partie comme ça, sans explication. Pourtant, tu sais que, quand il ne s'agit pas de moi, je me trompe rarement sur les gens. J'ai un œil de sphinx pour ça…

— De *lynx*, Mick. Un *œil de lynx*.

— On s'en fout de l'animal, c'est juste que j'étais persuadé que ça allait coller entre vous deux.

— J'y croyais, moi aussi.

— Tant pis, si elle est conne, qu'elle le reste après tout !

— Je n'aime pas que tu dises ça de Clarisse.

— Attends, tu ne vas pas me faire le même coup qu'avec Julia et lui trouver des excuses !

— Mais elle en a une, d'excuse.

— C'est nouveau, ça !

— Oui. En fait, je ne t'ai pas tout dit… »

Alors, je ne sais pourquoi, je lui raconte tout depuis le début. Le pouvoir du carnet. Les souvenirs. L'effacement du « Je t'aime » de Clarisse. Un long monologue qui m'ôte un grand poids de la poitrine, comme une profonde respiration après une interminable plongée en apnée. Mick opine du chef tout au long de mon récit, l'air concerné. À la fin, il dit simplement :

« Tes sœurs avaient raison. Tu es complètement fêlé.

— Quoi ?

— Ne fais pas cette tête, Solène m'a appelé il y a quelque temps, elle était inquiète avec ton histoire de carnet. Elle dit que tu avais en quelque sorte récupéré la folie douce de ton grand-père à travers ce calepin, symboliquement, une histoire de culpabilité je crois, parce que t'allais pas trop le voir à la fin. Bon, elle explique mieux que moi, avec des mots plus scientifiques, mais en gros c'est ça.

— Tu ne me crois pas…

— Je crois que tu devrais te débarrasser de ce carnet. Donne-le-moi, je m'en charge si tu veux.

— Touches-y, je te casse ta belle gueule.

— Comme tu veux. Mais tu vas devenir fou, si tu continues. Je ne sais pas si tu t'en rends compte, mais tu ne parles que de souvenirs, des histoires d'avant, tu demandes à tout le monde de te raconter de vieux trucs que tu aurais oubliés. Tu en es conscient ?

— Non, pas vraiment. Enfin, peut-être un peu, mais…

— Mais rien. Tu ne parles que de ça.

— Alors je fais quoi ? En plus, Julia est encore chez moi pour quelques jours et je ne la supporte plus… Tu ne voudrais pas m'héberger le temps qu'elle s'en aille ?

— Tu sais bien que oui. Et puis, mieux que ça, j'ai une idée. On va changer d'air. Pour moi, ce sera l'occasion de faire quelque chose que je m'étais promis depuis longtemps, et toi, on va t'aérer les neurones.

— Changer d'air ? Pfff…

— Fais-moi confiance, d'accord ? Tu prépares une petite valise, pour deux-trois jours, et ce soir je passe te prendre, destination inconnue pour toi. Partant ?

— Partant…

— Mais il y a une condition : tu n'emmènes pas le carnet. »

J'accepte. Même si je sais bien que je ne suis pas fou, ça ne me plaît pas que tout le monde commence à le croire.

Un fou, c'est peut-être simplement quelqu'un qui sait une chose que les autres ignorent.

Mais allons-y, tentons le dépaysement.

Trois jours de fiesta ne me feront pas de mal.

« Tu n'as pas pris ton carnet, hein ? »

Je secoue la tête, mimant au mieux l'air blasé. Pourtant, il m'a été très difficile de m'en séparer et il m'a fallu des heures pour dénicher la cachette idéale. Maintenant, j'ai un peu peur que Julia ne fouille tout en mon absence et ne le trouve. Et si elle le jetait pour se venger ?…

Non, ne pas penser à ça. Nous sommes partis pour me changer les idées, et je compte bien en profiter.

Je me demande ce que Mick m'a préparé. Nous prenons l'autoroute, direction le sud. Mick me prévient que le trajet sera long, et que je peux dormir si je veux. Je ne me fais pas prier, rien n'étant plus ennuyeux que d'être passager de nuit et de ne voir que des panneaux et des enseignes de stations-service.

Extinction des feux.

Je me réveille avec une douleur lancinante dans le cou. J'ai dû dormir longtemps, il fait déjà presque jour. Nous sommes sortis de l'autoroute, nous roulons apparemment sur un chemin vicinal. Je dois me rendre à l'évidence : nous sommes en pleine campagne. En bon rat des villes que je suis, je déchante quelque peu. Triste constat.

« On est où ?

— Ah, ça y est, tu émerges ? Dis-moi, il n'y aurait pas des marmottes dans ta famille par hasard ? J'ai cru que t'allais jamais te réveiller !

— Désolé. Alors, on est où ?

— Sois patient, dans moins d'une demi-heure tu le sauras. Tu peux toujours regarder les panneaux, mais je ne suis pas sûr que les noms des villages te disent grand-chose, ici. »

Entre deux vallons fatigués, je vois quelques grappes de maisons se dessiner, au loin. La phrase que je redoute tant retentit trop vite :

« C'est là, on arrive ! T'es content ? »

Je n'ose pas répondre. Ou plus exactement je ne peux pas, affligé par le spectacle.

La traversée du bourg me laisse pantois. J'ai l'impression que tout est mort, ici. Je n'ai pas croisé un seul habitant, pas aperçu le moindre commerce. Que du gris. Mais pas le gris comme chez moi, non, pas un gris de pollution, d'agitation, de voitures, pas un gris qu'on oublie parce qu'on a trop de choses à faire, et pas le temps de le voir. Non, ici, le gris est celui de l'âge, du temps qui a passé, de ceux que l'on a oubliés, celui qu'on ne peut que voir puisqu'il n'y a rien d'autre. Ce n'est pas un gris de mort, c'est pire : c'est un gris de non-vie.

Mick gare la voiture en face d'une maison probablement centenaire, semblable à toutes les autres. Soudain, la porte s'ouvre, et une petite personne toute vieille et desséchée en sort en trombe. Elle ressemble à une souris trottant à toute vitesse.

« Michaël !
— Mamie !
— Mon Michaël ! Tu es en avance ! Tu as encore roulé comme un fou ?
— Mais non, je t'assure. »

Elle s'approche de moi, je lui tends la main mais elle m'embrasse aussitôt :

« Tu ne me reconnais pas ? Ornella, la grand-mère de Michaël ! La mère de son père ! C'est vrai que la dernière fois que l'on s'est vus, tu étais bien jeune…
— Je suis désolé, je…
— Ce n'est pas grave, voyons ! Je ne vais pas me vexer, à mon âge… »

Pendant qu'on sort les bagages de la voiture, je demande à Mick pourquoi il m'a emmené ici. Il me répond que j'ai besoin de calme, et qu'aucun endroit n'est plus calme que celui-ci. Je le crois sur parole. Il ajoute que parler à sa grand-mère me fera beaucoup de bien, comme elle lui en fait quand il n'a pas le moral. Il l'appelle souvent, et le simple fait de converser avec elle l'apaise. Je ne savais pas qu'il était si proche d'elle. Je ne savais pas non plus que, régulièrement, il avait besoin de se livrer à quelqu'un.

Entre mecs, on ne parle pas de ces choses-là. On a tendance à croire que les non-dits, ceux qu'on lit dans les yeux de l'autre, suffisent à nous connaître, qu'ils sont le ciment de l'amitié virile.

Entre mecs, on se dit que les mots ne servent pas à grand-chose, qu'on a raison de laisser ça aux femmes.

Entre mecs, on se trompe.

Toujours est-il que je suis assez horrifié d'être ici. Passer plusieurs jours avec pour unique compagnie une vieille personne ne me remplit guère de joie. Nous entrons dans la maison, l'endroit est sombre, humide.

Il y a un chat. Toutes les vieilles dames ont-elles des animaux ?

Cette maison a un nombre de pièces hallucinant, on pourrait y vivre à quinze. Deux étages, des chambres et de vieilles armoires partout. Je choisis une chambre du premier, au fond d'un couloir un peu angoissant, et crains d'avoir beaucoup de mal à y dormir. Je me demande depuis combien de temps personne ne s'est allongé dans ce lit.

« Ah ! tu as choisi la chambre où dormait le père de Mick quand il était petit. Il l'adorait, il y passait tout son temps ! »

Je défais mes valises, tue deux araignées qui n'avaient certainement jamais vu d'être humain avant moi – et qui, du coup, n'en garderont pas un souvenir compatissant – et m'affale sur le lit, vidé. Je ne fais rien pendant un temps indéfini, léthargique, jusqu'à ce que la petite voix de la mamie me sorte de ma torpeur :

« À table, les enfants ! »

Les enfants… Il y a une éternité que je n'avais pas entendu ça…

Mamie pose un grand saladier sur la table, au milieu d'assiettes en porcelaine dont les décorations bleutées ont presque disparu et de verres que le temps a rendus opaques. La salade verte n'est déjà pas mon péché mignon, mais nature, sans vinaigrette ni quoi que ce soit pour l'agrémenter, ça devient difficile. La suite consiste en quelques morceaux de bœuf bouillis, me semble-t-il, accompagnés de spaghettis ruisselants de beurre.

« J'ai fait les courses pour te préparer ce que tu aimes, mon petit chéri.

— Merci, mamie.

— Ça vous plaît ?

— Oui, beaucoup, madame. Mais tutoyez-moi, je vous en prie.

— D'accord. Après la sieste on parlera tous les deux, tu veux bien ?

— Euh, c'est-à-dire que je…

— Mon Michaël m'a dit que ça n'allait pas très bien pour toi, que tu avais besoin de parler. Et j'aime parler moi aussi, tu sais. Et puis écouter. C'est tellement rare pour moi…

— Mais oui, nous parlerons ! Avec plaisir, Ornella ! »

L'idée d'un tête-à-tête avec mamie ne m'enchante pourtant pas. Que vais-je lui dire ? Mick me regarde, l'air amusé.

D'un autre côté, je n'ai rien à perdre. Et mamie doit se sentir tellement seule… Au pire, je le ferai pour elle.

En attendant que mamie finisse sa sieste, nous avons un peu discuté avec Mick. Puis, la torpeur ambiante aidant, nous nous sommes tus, laissant le temps passer. Un temps plus lent que d'habitude : des secondes fainéantes, des minutes qui ne se pressent pas. Sans doute parce que, dans cette maison, il n'y a personne pour les compter.

Le salon est petit, comme replié sur lui-même, rempli de bibelots et de photos jaunies. Une Vierge en plâtre trône sur l'antique écran de télévision ; une autre, en plastique et remplie d'eau bénite, est placée sur un napperon gris-blanc parfaitement centré sur un guéridon aux pieds poussiéreux. Sur les murs, un tableau aux couleurs délavées représentant une scène de chasse côtoie un miroir constellé de taches noirâtres. Et puis, enveloppant tout cela, le silence.

Le moment tant redouté arrive : mamie se réveille. L'avantage, quand on est vieux, c'est qu'on n'a plus la sale tête du réveil tellement la normale est déjà abîmée. Elle m'a donc l'air en pleine forme.

« Bon, je vais vous laisser discuter tous les deux, je sors.
— D'accord, mon chéri. À tout à l'heure ! »

Mick ferme la porte derrière lui. Je reste seul avec Ornella.

« Mon petit, je sais que ce n'est pas facile de parler, surtout pour vous, les jeunes. Alors, je vais te parler un peu de moi si tu veux bien.
— Oui, oui, allez-y.
— J'ai eu une vie simple, sans grandes aventures. À part ici, je n'ai connu que l'Italie, et la Suisse, un peu. Mon premier voyage, si on peut dire, c'était dans les années 1930, quand ma famille a fui l'Italie. Pas à cause de la politique, non : on a fui la misère. On était tellement pauvres, aujourd'hui vous ne pouvez pas imaginer. Ma première paire de chaussures, je l'ai eue à sept ans, quand Mussolini a décidé qu'il fallait chausser tous les enfants du pays. Pour moi, c'était un héros, le reste on ne savait pas, ma première paire de chaussures, tu ne te rends pas compte… On n'avait rien à manger, rien. Donc on est partis… Mes parents sont arrivés ici parce qu'il y avait déjà des gens de notre village d'Italie qui s'y étaient installés un peu auparavant. Mon second voyage, c'est lorsque je suis partie travailler en Suisse, à seize ans. La vie était belle là-bas… Moi aussi j'étais belle, à me voir maintenant tu ne t'en doutes pas. Je vais te montrer une photo. »
Elle sort de son sac une très vieille photo un peu déchirée, sur laquelle je découvre une jeune fille qui ressemble fort aux beautés italiennes de l'époque, du

genre Gina Lollobrigida mais en petit modèle. Je suis surpris.

« En effet, vous étiez superbe !

— J'avais du succès avec les hommes. Ils me faisaient des cadeaux, voulaient m'épouser. Et puis un jour je suis revenue ici en vacances, et il y avait Flavio, le fils d'une autre famille d'Italiens. On allait se promener dans les champs, tous les deux. Tu vois ce que je veux dire ?

— Euh, oui…

— Puis je suis tombée enceinte. Et je ne suis jamais repartie, à cette époque, ça n'était pas comme aujourd'hui tu sais, on faisait ce que les parents nous disaient de faire. Je n'ai pas eu une vie très heureuse, j'aurais tellement aimé repartir en Suisse… Ma vie était là-bas. J'ai accouché du père de Mick, et j'ai eu une fille deux ans plus tard. Je suis contente, ils ont réussi leur vie, ils ont gagné de l'argent, surtout Alberto. Mais dis-moi, c'est l'heure de mon jeu à la télé, j'ai failli rater le début ! Je deviens trop bavarde avec l'âge. »

Après le jeu et le repas, la maison s'est comme éteinte. Quand mamie dort, je crois que cette demeure ne vit plus. Alors je suis allé me coucher, pas pour dormir, il était trop tôt, simplement pour réfléchir, être seul. J'ai pensé à Clarisse, l'ai appelée une fois de plus mais elle n'a pas répondu. J'ai encore laissé un message, sans doute ne les écoute-t-elle plus, mais sait-on jamais. Si j'avais eu mon carnet, j'aurais revécu un souvenir heureux, animé, quelque chose de beau, de drôle. L'espace d'un instant, j'en ai voulu à Mick de m'avoir empêché de l'emporter ici, mais je me suis rendu compte qu'en effet ces pages blanches prenaient trop d'importance dans mon quotidien, que dès que je n'avais pas le moral, je m'en servais comme d'une thérapie express, un bonheur assuré. Il ne faut pas que je m'y accroche trop, car il sera bientôt plein. Pour preuve, j'en ai déjà utilisé la moitié.

Je me demande si ce carnet, à force de me faire regarder en arrière, ne m'empêche pas de voir devant.

Je suis fatigué.

Mamie est venue me réveiller tout doucement, comme on réveille un enfant. Elle a préparé le petit déjeuner pour nous, la table est couverte de victuailles diverses et variées. C'est agréable, et ça me rappelle ma jeunesse, quand ma grand-mère faisait la même chose pour mes sœurs et moi, le dimanche matin. Face à nos bols ébréchés, nous reprenons peu à peu nos esprits.

« Dis-moi, Mick, qu'est-ce que tu nous as prévu pour aujourd'hui ?

— J'en sais rien, je n'ai rien prévu du tout.

— Ne me dis pas qu'on va passer la journée à rien faire ?

— Je crois bien que oui. »

En effet, nous ne faisons rien de la journée. Je m'installe devant la télé avec mamie, qui caresse le chat en regardant une série où une superbe jeune femme aux cheveux assurément décolorés déclare sa flamme à un homme aux dents blanches et parfaitement alignées. Si on me faisait une déclaration pareille, avec des mots aussi empruntés et ridicules, je crois que je ne pourrais pas la prendre au sérieux. Mais l'homme a l'air touché, puisqu'il embrasse fougueusement sa nouvelle moitié en remuant la tête de gauche à droite. Je n'ai jamais embrassé comme ça, moi.

Le chat s'endort au bout d'un moment, et je crois que mamie dort aussi. Elle a la bouche un peu ouverte, j'entends son souffle régulier.

En coupant le son de la télé pour ne pas gêner son sommeil, je me demande si sa vie ressemble à ça tous les jours. Se lever, faire à manger, un peu de ménage, la télé, la sieste, re-télé, refaire à manger, la vaisselle, encore un peu de télé, et dormir. C'est ça être vieux ? C'est être condamné à cette routine infernale ? Comment s'éclate un vieux ? Et d'abord, est-ce qu'un vieux s'éclate ? Peut-être qu'il se rappelle le temps où il s'éclatait, il ferme les yeux et se souvient. Comme moi avec mon carnet, mais sans les images, ni les odeurs, ni la chaleur. Mais un vieux se souvient de quoi ? Des bons moments, des mauvais, des deux ? Est-ce qu'il se repasse parfois le film de sa vie pendant des heures, en essayant de n'oublier aucun détail, aucune image ? Il revit sa rencontre avec son mari ou sa femme, la naissance de ses enfants, puis le jour où ils sont partis, la mort de l'amour de sa vie, sa peine de se retrouver seul ? Ou peut-être évite-t-il de se souvenir pour ne pas se rendre compte que sa vie de vieux est insupportable ? Et d'abord est-ce qu'elle est insupportable ? Qui me dit que regarder un épisode des *Feux de l'amour* ne lui procure pas autant de plaisir que de faire la fête, il y a cinquante ans ?

Mamie se réveille.

« Tu me regardes dormir ? Ce ne doit pas être un bien beau spectacle !

— Je peux vous poser une question, mamie ?

— Mais oui, mon petit.

— Est-ce que vous vous sentez seule ?

— Tu sais, quand on est vieux, on sait qu'on va être de plus en plus seul, jusqu'à la fin. Alors on n'y pense pas trop. Et puis on s'habitue. Moi, j'aime bien faire tout le temps la même chose, comme ça, dès qu'il se passe quoi que ce soit, ma journée devient extraordinaire. Tu vois, par exemple, ça fait tellement longtemps qu'il n'y avait pas eu quelqu'un de nouveau dans cette maison, ça me fait plaisir de vous avoir, toi et mon Michaël, je sais que je penserai à vous souvent, à ce qu'on a fait tous les trois. Et puis j'en parlerai avec les voisines… Tu sais, avoir mon âge, ce n'est pas si dur…

— Mais est-ce que vous êtes heureuse ?

— Oh ! le bonheur… C'est sûr que j'aimerais voir mes enfants plus souvent, par exemple… Mais ils viennent quand ils peuvent, à Noël ou pour mon anniversaire. Ils ont leur vie. Et puis ils m'appellent parfois, pour savoir comment je vais. Je réponds toujours que je vais bien, même si je suis malade, ou un peu déprimée. Je ne leur dis rien, pour qu'ils ne se fassent pas de souci. J'ai souvent envie de leur téléphoner, pour qu'ils me racontent ce qui leur arrive, pour entendre leurs voix… Parfois, j'aimerais leur dire qu'ils me manquent, que je les aime, que je pense à eux tous les jours, que je prie pour mes petits-enfants… mais je ne peux pas. Pour eux. »

Elle s'arrête un instant durant lequel j'ai l'impression que ses pensées divaguent. Puis elle chasse le flou de ses yeux, et pose sa main sur la mienne.

« Tu sais, si je fais le livre de ma vie, je me rends compte que j'aurais dû écrire les choses autrement. Avoir une autre existence. Je dois être honnête avec moi-même, je sais que je n'emporterai pas beaucoup de grands bonheurs dans la tombe. Et je sais surtout qu'il est trop tard pour m'en construire d'autres. Alors, depuis bien longtemps, je me contente des petits. De petits bonheurs…

— Pour de petits souvenirs…

— Oui, c'est ça. De tout petits souvenirs.

— Mais qu'auriez-vous dû faire ? Que faut-il faire pour emporter de grands souvenirs ?

— C'est très simple : pour emporter de grands souvenirs, il ne faut pas regarder en arrière.

— C'est contradictoire, mamie…

— Au contraire, c'est très logique ! Comprends-moi bien : tes souvenirs à toi, ils sont devant. Plus tard, quand tu auras mon âge et qu'il sera trop tard pour construire, tu pourras te retourner, et voir ce que tu as bâti de grand, de beau… Et tout cela remplira ton cœur. C'est tout ce que je te souhaite. Ainsi, peut-être ne partiras-tu pas vide. Vide comme moi. »

Ses yeux se sont embués. Les miens aussi. Elle me regarde, je n'ose pas la prendre dans mes bras.

Je suis un con.

Je suis sorti pour marcher un peu et essayer de m'arracher à cette émotion lourde que mamie m'a transmise. Mick est venu me rejoindre.

« Alors, ça fait du bien, hein ?

— Je ne sais pas, je… Oui, je crois. Il faudra que je réfléchisse à tout ce qu'elle m'a dit. Mais pour Clarisse, je ne suis pas plus avancé…

— Dis, c'est ma grand-mère, pas un mage qui te garantit le retour de l'être aimé en quarante-huit heures, satisfait ou remboursé !

— Je sais, c'est pas ce que je voulais dire… En fait, je regrette encore plus Clarisse, maintenant. J'aurais voulu construire de grands… enfin… laisse tomber.

— Rien n'est perdu, crois-moi. Remarque, si tu lui sors l'excuse du carnet magique qui efface les mots d'amour, je ne suis pas sûr qu'elle se précipite…

— Évidemment… Mais que veux-tu que je fasse, elle ne veut même pas m'écouter !

— Je n'en sais rien… On en reparlera. En attendant, il vaudrait mieux partir demain matin, d'accord ? Je crois que mamie est un peu fatiguée, à s'occuper de nous.

— Très bien. »

Je m'étais fait à l'idée qu'on resterait peut-être un jour de plus. C'est étrange, je m'étais habitué au vide. Et puis, ça me faisait plaisir d'animer un peu la vie de mamie.

En m'embrassant, Ornella m'a dit qu'elle espérait que je revienne un jour avec son Michaël. Je lui ai répondu que cela me ferait plaisir.

Je le pensais.

Je n'étais pas très à l'aise, en fait je n'ai jamais été doué pour les au revoir. Je me suis retourné pour la regarder quand la voiture a démarré.

J'espère qu'elle a vu dans mes yeux ce que j'étais incapable de lui dire.

Je crois que oui.

Il est agréable de voir, au fil des heures, les routes s'élargir, la circulation s'intensifier. Cela permet un retour en douceur, comme des paliers de décompression vers la vie normale.

Il fait déjà nuit, je suis fourbu. En montant l'escalier de mon immeuble, j'espère trouver l'appartement vide, débarrassé de Julia. Mon espoir est de courte durée : à peine arrivé sur le palier, j'entends mon ex crier. Ses vociférations redoublent à mesure que j'approche de la porte ; il me semble qu'elle est en train de réprimander Charlotte, une fois de plus.

J'entre et vois effectivement Julia pointer sa fille du doigt d'un air accusateur.

« Arrête tes bêtises, Charlotte, tu vas me rendre folle à raconter n'importe quoi !

— Mais c'est pas n'importe quoi, je te dis ! On a joué à la balle et…

— Non, Charlotte, ce n'est pas vrai ! Tu es une menteuse ! »

Quand elle m'aperçoit, Julia arrête de crier et secoue la tête.

« Ah ! cette gamine… Remarque, tu t'en fous, dans deux jours on ne sera plus chez toi, monsieur retrouvera sa tranquillité !

— Arrête, Julia, je suis trop fatigué pour supporter ça… Qu'est-ce qu'il se passe ?

— Il se passe que mademoiselle me jure que tout à l'heure elle était au square et… »

Pendant que sa mère récite ses récriminations, je tourne la tête vers Charlotte dans l'idée de lui adresser un petit clin d'œil complice quand je vois…

« Charlotte ! Qu'est-ce que tu fais, bon sang !

— Tu vas me gronder aussi ?

— C'est mon carnet que tu as entre les mains ?

— Oui, je t'ai fait un dessin.

— Rends-le-moi tout de suite ! »

Je lui arrache le carnet des mains. Elle est effrayée par ma réaction et part en courant se réfugier dans la chambre. Julia s'en mêle :

« T'es pas obligé de lui crier dessus ! Elle l'a pas abîmé, ton carnet !

— Attends, tu l'as vue le prendre et t'as rien dit ?

— Elle l'a trouvé tout à l'heure. Mais elle m'a promis de faire attention, elle voulait te faire plaisir, c'est tout !

— Tu l'as laissée dessiner sur mon carnet ? Mais elle a peut-être gâché plein de souv… plein de pages !

Si je n'arrive pas à effacer ses dessins, ils seront perdus, tu comprends ? Perdus !

— Effacer ses dessins ? Tu deviens complètement fou... »

J'ouvre le carnet et le feuillette nerveusement. Après quelques secondes, je tombe sur la page cinquante : je vois un dessin représentant un grand personnage faisant face à un autre, beaucoup plus petit. Entre les deux, au niveau de leurs pieds, un rond rouge.

En un instant, mon énervement fait place à une sueur froide.

« Julia, dis-moi depuis combien de temps elle a fini son dessin.

— J'en sais rien, dix minutes ! »

Dix minutes...

Et le dessin ne s'est pas effacé. C'est impossible...

La phrase que prononçait Julia au moment où j'ai aperçu Charlotte avec le carnet fait écho dans ma tête.

« Tu étais en train de gronder Charlotte pour quelle raison, exactement ?

— Ça y est, tu es calmé ?

— Réponds à ma question.

— Elle me jurait que tout à l'heure vous avez joué à la balle, elle et toi. Alors que t'étais pas rentré, et que nous on n'est pas sorties de la journée !

— On jouait à la balle... Comme sur le dessin, là ?

— Oui, comme sur le dessin. Toi, elle, une balle. T'es idiot ou quoi ? »

J'ai l'impression que mon cœur ne bat plus.

Est-il possible que Charlotte ait revécu le souvenir qu'elle a dessiné ?

Je la rejoins dans la chambre, essuie les larmes sur ses joues et prends ses petites mains dans les miennes.

« Dis, Charlotte, on a joué à la balle tous les deux, c'est ça ?

— Oui, tout à l'heure, au square. Mais maman dit que c'est pas vrai.

— On a joué… juste avant que j'arrive, quand tu as fini ton dessin ?

— Ben oui ! Et on est partis en courant à cause de la pluie ! »

Je me tourne vers la fenêtre : pas une goutte ne tombe.

Je me souviens de cette fois-là, quand nous avons dû rentrer en vitesse à cause d'une averse soudaine. C'était il y a plus d'un mois.

Je regarde encore le carnet : le dessin n'a toujours pas disparu.

Je dois me rendre à l'évidence : Charlotte vient de vivre un souvenir avec mon carnet.

Je ne comprends pas comment cela est possible. Pourtant, je me rappelle très bien la lettre de papi, il disait qu'une seule personne pouvait connaître le pouvoir du carnet !

C'étaient ses mots : *Un et un seul.*

D'ailleurs, ça n'avait pas marché avec ma sœur, pourquoi Charlotte aurait-elle…

Non…
Ce n'est pas…
La lettre !
La solution est dans la lettre…
Mais ce n'est pas *Un et un seul* qui comptait…
C'est ce que grand-père disait juste avant :

Ce carnet ne dévoilera son pouvoir qu'à un descendant de celui qui le détient.

Un descendant de celui qui le détient…

Je ferme la porte de la chambre et retourne dans le salon.

« Julia, je sais pour Charlotte.
— Tu sais quoi ? Qu'elle invente n'importe quoi ?
— Non. Je sais que Charlotte est ma fille. »

Julia reste pétrifiée. Elle ouvre la bouche mais aucun son n'en sort.

« N'essaie pas de me mentir. Je suis certain de ce que je dis. Maintenant, tu vas aller border Charlotte, et t'assurer qu'elle va bien. Ensuite tu m'expliques tout. »

Après quelques minutes passées dans la chambre, elle revient et s'assoit face à moi. Elle n'ose pas me regarder. Les secondes s'égrènent, puis elle fond en larmes. Entre deux sanglots, elle m'avoue :

« On était déjà séparés toi et moi quand j'ai su que j'étais enceinte. Je n'ai rien voulu te dire, et puis on avait eu le coup de foudre avec David, je ne voulais pas gâcher notre histoire… Alors j'ai affirmé que l'enfant était de lui. Il l'a cru jusqu'à ce que j'accouche. Quand j'ai eu mes contractions il a paniqué, car il pensait que je n'en étais qu'à un peu plus de sept mois de grossesse. Je lui ai dit de ne pas s'inquiéter, que ça arrivait souvent. Tout s'est écroulé quand il s'est étonné auprès d'un médecin qu'on ne mette pas un prématuré en couveuse. Le médecin lui a répondu qu'à cinquante centimètres et trois kilos trois cents, sa fille était tout sauf un prématuré. Il a compris tout de suite, et m'a quittée le soir même. C'est comme ça que tu as deviné toi aussi, hein ? Rapport à sa date de naissance, parce que c'est bientôt son anniversaire ?

— Euh… oui, exactement… Mais pourquoi ne m'as-tu pas mis au courant à ce moment-là ?

— Parce que, je ne sais pas… Je ne voulais pas faire ma vie avec toi.

— Il n'était pas question de faire notre vie ensemble ! Juste que je sache que j'avais une fille, Julia !

— Moi, je voulais une maison avec un père pour s'occuper d'elle. J'ai eu quelques aventures, et puis avec Robbie j'ai cru que ça allait marcher, on s'est fiancés au bout d'un mois… Mais il n'a pas supporté le quotidien avec un enfant. En fait, c'est lui qui m'a demandé de partir.

— Comment as-tu pu me faire ça…

— Je t'ai rien fait du tout ! Tu m'emmerdes ! Tu n'en voulais pas, d'enfant, pourquoi tu viens me faire la leçon maintenant !

— C'est ma fille, bordel ! Et tu ne lui as jamais dit qui était son père ?

— Je lui ai dit qu'elle n'avait pas de père. C'est tout.

— C'est monstrueux…

— Tu veux que je te dise ce qui est monstrueux ? C'est qu'aucun homme ne veut d'une femme avec une gamine, tu comprends ? Aucun, ils m'ont tous quittée !

— C'est peut-être vrai pour Robert, mais tu ne t'es jamais dit que ça pourrait être à cause de toi que les hommes te quittent ? Uniquement à cause de toi ? Arrête de tout mettre sur le dos de Charlotte. Elle est adorable, et il n'y a que toi pour ne pas t'en rendre compte. »

Le regard de Julia se remplit de haine. J'ai l'impression qu'elle a envie de me tuer.

« Eh bien, puisqu'elle est si adorable, tu n'as qu'à t'en occuper, de *ta* fille ! Moi, je me casse, j'en peux plus ! »

Elle attrape son sac au vol et part comme une furie en claquant la porte.

Sans doute alertée par le bruit, Charlotte sort de sa chambre.

« Maman est partie ?

— Oui, elle est allée faire un tour. Mais ne t'inquiète pas, je suis là, moi. Je suis là. Viens, je te ramène dans ton lit. »

Je prends Charlotte dans mes bras et la serre aussi fort qu'il est possible de serrer un enfant sans lui faire mal. J'inspire profondément le parfum de ses cheveux et, lorsqu'elle dépose un baiser sur ma joue, je ne peux retenir une larme.

Ma vie est bouleversée.

Rien ne sera plus pareil.

Je me souviens que lorsque Solène a accouché, son mari m'avait parlé de l'incroyable sentiment qu'il avait ressenti. Il m'avait dit qu'au moment où on devient père, on aime son enfant immédiatement, à la seconde où on le voit.

Moi, j'ai de la chance : à cet instant, je deviens père, mais j'aimais déjà ma fille, avant.

Cela fait deux jours que Julia est partie, et je n'ai aucune nouvelle. J'ai pris quelques jours de congé dans l'urgence, néanmoins, ça ne pourra pas durer éternellement. De plus, Charlotte commence à me poser des questions, auxquelles je ne réponds que vaguement. Pour l'instant, ça passe. Mais si Julia ne revient pas…

Il faut que je lui dise la vérité.

« Dis-moi, ma princesse, maman t'a déjà parlé de ton papa ?

— Elle m'a dit que j'en avais pas. Pourtant, à l'école, les copines elles en ont un !

— Eh bien, ta maman s'était trompée. Tu as un papa.

— Ah bon ?

— Oui, et… ton papa… c'est moi.

— T'es mon papa ?

— Oui.

— Pour de vrai ?

— Oui, pour de vrai. Je suis ton papa et tu es ma fille. Ma magnifique petite fille. »

Elle se jette dans mes bras en criant « Super ! ». J'espérais que cette annonce ne la traumatise pas, il semblerait que tout aille bien. À moins qu'elle n'ait pas vraiment compris l'importance de ce que je viens de lui révéler.

« Tu vas être mon papa pour toute la vie ?
— Oui, Charlotte. Pour toute la vie.
— Mon papa… »

Elle a compris.

Je saute sur mon téléphone : il faut qu'ils viennent maintenant.

Mick arrive le premier, suivi de peu par mes sœurs. Avant qu'elles ne m'assaillent de questions et de reproches sur l'heure tardive et le souci qu'elles se sont fait pendant tout le trajet parce que je ne leur avais donné aucune explication, je me rends dans la chambre et en reviens en tenant Charlotte par la main.

« Charlotte, je te présente Solène et Marie. Ce sont mes sœurs. Tu as vu comme elles se ressemblent ? »

Les jumelles me regardent de travers. Elles se demandent certainement ce qu'elles font là, pourquoi j'ai organisé cette rencontre incongrue.

« Là, c'est Mick, c'est mon meilleur ami. Tu veux bien dire à Marie, à Solène et à Mick qui est ta maman ?

— C'est maman !

— Oui, mais comment elle s'appelle ?

— Julia ! »

Comme d'habitude, mes sœurs tiquent imperceptiblement à l'évocation du nom de Julia. Tous les trois me regardent de plus en plus sévèrement. Je savoure la surprise à venir.

« Maintenant, dis à Marie, à Solène et à Mick qui est ton papa.

— Eh ben, c'est toi ! »

Les yeux des jumelles font des allers-retours entre Charlotte et moi.

Je réponds à leurs œillades interrogatrices par un haussement d'épaules et un sourire en coin, la tête penchée vers Charlotte.

Mes sœurs échangent un regard et, en bonnes jumelles, réagissent exactement au même instant et partent en petits cris suraigus :

« Oh ! qu'elle est mignonne ! Viens dans les bras de tata, ma chérie ! »

Pendant qu'elles couvrent la petite de baisers et de compliments, Mick s'approche de moi.

« Eh bien…
— Oui.
— T’es content ?
— Ravi.
— Bon… T’es papa, alors ?
— Oui, je suis papa. »

Julia est revenue hier. Quatre jours d'absence, cela me semblait beaucoup, mais elle s'est excusée, arguant qu'elle ne s'expliquait pas pourquoi elle avait réagi aussi violemment.

« Tu lui as dit ?
— Oui.
— Ça s'est bien passé ?
— Oui, je crois qu'elle est contente. Moi aussi d'ailleurs.
— Bon. Alors tiens, prends ça. »

Elle a sorti de son sac une grande enveloppe brune et me l'a tendue.

« Ce sont les papiers à remplir pour que tu la reconnaisses officiellement.
— Je… merci, Julia. Merci.
— Si tu veux, on met en place une garde alternée. Une semaine chacun.
— Oui, ce serait parfait. Je te remercie d'être aussi compréhensive…

— C'est normal. Et puis, comme ça, je pourrai vivre ma vie, moi aussi. Je suis retournée chez Robbie. »

Je n'ai pas relevé sa dernière phrase. Tout ce qui m'importait, c'était d'avoir ma fille avec moi le plus souvent possible.

Ce soir, Julia est venue récupérer Charlotte. Sitôt la porte fermée, le silence et le calme m'ont pesé.

Je tourne en rond depuis quelques heures. Tout me rappelle son absence : ses biscuits préférés dans le placard, son lit vide dans la chambre, les crayons de couleur que je retrouve un peu partout, disséminés dans l'appartement.

Une semaine à attendre.
C'est long, une semaine.

Pour me remonter le moral, j'ai bien envie de me servir de mon carnet. Je sais que je me suis promis de moins l'utiliser, mais ce soir, il me faut un souvenir drôle avant d'aller me coucher dans cette chambre vide. Je commencerai mes bonnes résolutions demain.

Pour l'heure, il s'agit de bien choisir. Ah, oui, j'en ai un : Mick avait tellement ri ce jour-là que j'aimerais user de mon regard extérieur pour en profiter moi aussi. C'est parti :

51

« Vous êtes entré dans la mafia ? »

Je suis encore aveuglé et sourd, mais je sens déjà le sourire affleurer à mes lèvres. Vite, vite !

Ça y est. Je me retrouve dans cette maison qu'une tante de Mick voulait rénover, et dont elle nous avait confié l'arrachage de toutes les immondes moquettes et tapisseries. Je crois que c'était l'été de nos dix-sept ans.

« Franchement, si j'avais su que c'était un boulot pareil, je lui aurais demandé de nous payer plus, à ta tante !

— Tu vas pas encore te plaindre… On n'a rien d'autre à faire, de toute façon ! Et puis, pense aux vacances qu'on va se payer…

— Justement, là, on aura à peine de quoi tenir un week-end !

— T'es pénible, je te jure… Allez, viens, on sort boire un coup tranquilles au soleil. »

Nous nous installons dans le jardin, quand le reflet d'une porte vitrée de la maison mitoyenne m'éblouit. Je protège mes yeux d'une main et regarde la personne qui referme la porte et s'allume une cigarette quand je reconnais…

« J'hallucine, c'est M. Hernandez !

— Le prof d'histoire ? Non ?

— Si, Mick, j'te jure !

— Attends, en cours, l'an dernier, il portait toujours des pulls pourris et des pantalons en velours tout nazes… Ça peut pas être lui.

— Hé, m'sieur Hernandez, c'est vous ? »

Il se tourne vers nous et fait un petit signe de la main.

« Hé, trop la classe m'sieur Hernandez, vous avez gagné au Loto ? »

Il ne répond pas. J'enchaîne :

« Hé, m'sieur Hernandez, d'enfer le costard trois-pièces ! Vous êtes entré dans la mafia ou quoi ?
— Non. J'enterre ma femme ce matin. J'aimerais bien être un peu tranquille… »

Je me tourne vers Mick qui immédiatement se cache derrière un muret et commence à rire. Il ne fait aucun bruit, mais son visage est déformé par une violente hilarité.

Moi, je reste planté là, pétrifié, ne sachant que faire ou que dire. Ne me sentant pas de m'éclipser comme cela, j'ajoute au moment où j'enclenche mon premier pas vers Mick :

« Désolé, m'sieur Hernandez… Eh ben, bonnes condoléances… »

Au moment où je prononce le mot « bonnes », je me rends compte que je m'enfonce encore plus dans le pathétique. Mick est allongé par terre, et se plie en deux en me pointant du doigt. Je me précipite à l'intérieur, rouge de honte, et tourne en rond à toute vitesse en attendant que mon ami me rejoigne. À chaque mètre qu'il fait vers moi, Mick s'arrête et pose un genou à terre en pouffant et en essuyant de grosses larmes qui coulent sans interruption.

Mon souvenir s'achève au son de ses éclats de rire, rire qu'intérieurement je partage aujourd'hui.

Ah ! ça fait du bien… Je n'imaginais pas qu'une telle honte pourrait me procurer autant de plaisir !

Sachant que Charlotte était chez sa mère, Mick a tenu à ce que nous allions au restaurant ce soir. Je n'avais pas l'âme à sortir m'amuser, mais, face à mes réticences, il a dégainé un argument de poids : il avait invité une fille.

« Une fille ?
— Oui !
— Comment elle s'appelle ?
— Tu ne sauras rien ! »

J'allais insister, mais je me suis dit que mon action avait peut-être porté ses fruits. Louise aura eu le courage de l'appeler, ou bien ils se sont déjà vus et Mick veut me faire la surprise de me la présenter en tant que petite amie officielle. Une bonne nouvelle serait la bienvenue pour me changer les idées…

Face au miroir de la salle de bains, je mets la touche finale à ma coiffure, m'assure que chemise et veste sont bien coordonnées, et que mes chaussures sont impeccablement cirées. L'avantage d'avoir un ami si beau, c'est qu'il faut faire le maximum pour ne pas afficher un contraste trop flagrant et éviter de passer pour la deuxième roue du monocycle. J'ai donc, presque malgré moi au départ, toujours cultivé une élégance aussi poussée que possible, ce qui est loin de m'avoir desservi au final.

Je suis paré pour cette soirée. Voyons ce qu'elle nous réserve.

« Ces messieurs désirent-ils la carte ?

— Non, pas tout de suite, nous attendons quelqu'un. Mais je prendrai un verre de vin rouge, s'il vous plaît.

— Une eau gazeuse pour moi, merci.

— De l'eau ! Qu'est-ce qu'il t'arrive ?

— Rien du tout. Bon, elle est où, ta fameuse copine ?

— Elle devrait arriver. Enfin j'espère…

— Comment ça tu espères ? Bien sûr qu'elle va arriver. Celle-là, c'est la bonne, j'en suis sûr !

— Tu le crois vraiment ?

— J'ai un bon feeling sur ce coup, Mick.

— Eh bien, moi aussi, j'en suis persuadé. Il y a un moment que je le pense, d'ailleurs, que c'est la bonne. Je veux dire, la bonne pour toi. »

J'ai à peine le temps de me demander pourquoi Mick a prononcé cette dernière phrase qu'il fait un signe de la main vers l'entrée du restaurant. Je tourne la tête : Clarisse vient d'entrer. Il l'a retrouvée.

Pour moi.

Et elle a accepté. Le connaissant, je suppose qu'il l'a convaincue en un coup de fil, alors que deux mois de lourde insistance de ma part n'ont pas porté leurs fruits.

Je dois me rendre à l'évidence : il semblerait qu'en plus d'être un ami merveilleux, Mick soit aussi une sorte de magicien.

« Bonsoir, les garçons. »

Huit semaines que je ne l'ai pas vue. Elle a changé. Je la trouve, je ne sais pas, plus élégante, plus mystérieuse. Plus femme. Il faut dire que la sobriété de cette robe noire la met particulièrement en valeur.

Elle s'assoit en face de moi, me regardant fixement, l'air décidé. Décidé à quoi ? Je ne sais pas.

Je n'ose rien dire, heureusement elle prend la parole :

« Mick m'a expliqué. Ton délire avec le carnet, ton malaise depuis la mort de ton grand-père. Il m'a raconté, aussi, pour ta fille, il paraît qu'elle est mignonne comme tout. Bref, cela pour dire que je comprends que ces derniers temps tu aies pu être, comment dire, déstabilisé. Donc, je te pardonne. Je tire un trait sur cette histoire, que l'on va qualifier de malentendu si tu le veux bien.

— Je te remercie…

— Je te demanderai une seule chose : je ne veux plus jamais entendre parler de ce carnet. Et je ne veux plus jamais le voir non plus. »

J'hésite un instant. Pendant que Clarisse me regarde droit dans les yeux, je pense au carnet, au passé, à l'avenir. Comme en équilibre instable, tout se mélange, mes pensées commencent à tourbillonner en un grand maelström d'images.

Et puis, dans un coin de ma tête, j'entends la voix d'Ornella.

Pour emporter de grands souvenirs, il ne faut pas regarder en arrière.

Je n'ai plus envie de regarder en arrière, maintenant. Une nouvelle vie m'attend.

Elle s'appelle Charlotte.

Je vais utiliser tous mes souvenirs afin d'en finir une fois pour toutes avec le carnet, et enfin commencer, avec Clarisse.

Car il me semble que ma nouvelle vie serait très belle, si elle portait deux prénoms.

« C'est d'accord. Tu n'en entendras plus parler, je te le promets.

— Merci. »

Cette introduction achevée, Mick se charge bien vite de rétablir une ambiance joyeuse en racontant quelques anecdotes du boulot, suivies par un florilège de ses plus beaux – donc drôles – fiascos avec les filles.

Clarisse nous apprend qu'elle a un nouveau travail, dans une boîte de production pour le cinéma et la télévision. Je lui rappelle que s'ils ont besoin d'animaux pour un de ses films, il me reste quelques perroquets à l'air espiègle dont je ne sais que faire…

Elle me confie s'être mise à la peinture et à la sculpture, cédant enfin à une envie qui la taraudait depuis des années. J'aurai le droit de voir ses œuvres si je suis gentil, me dit-elle, insistant sur le fait qu'elle débute et que je devrai faire preuve de la plus grande indulgence.

Les minutes passent, les plats se succèdent et je retrouve ma complicité d'avant avec Clarisse. Nos goûts communs, nos regards entendus, sa façon de poser sa main sur mon avant-bras quand elle éclate de rire.

De temps à autre, je surprends Mick à nous regarder. Il a un beau sourire sur le visage. Un sourire chaud et calme.

Je suis bien. Heureux.

Après le restaurant, je propose que nous finissions la soirée chez moi tous les trois.

Mick mime un bâillement de façon très approximative, et décline poliment l'invitation.

Nous n'insistons pas.

Arrivés à mon appartement, Clarisse et moi nous installons au salon. Chacun de nous attend que l'autre se décide, il me semble. Au bout de quelques minutes, je prends Clarisse par la main et l'attire vers ma chambre.

Devant la porte, elle s'arrête et m'embrasse. Puis ouvre, et garde la lumière éteinte pour notre première nuit.

Notre *vraie* première nuit. De celles qui ne se racontent pas.

De celles que je reverrai, un jour, quand je me retournerai.

« Tu as bien dormi ?
— Oui. Très bien.
— Alors, comment trouves-tu mon appartement ? Depuis le temps que tu voulais le voir…
— C'est très joli. Tu as beaucoup de goût, ça ne ressemble pas à un appartement de célibataire !
— Content qu'il te plaise. Tu restes ?
— Oui, si tu veux. Je n'ai rien prévu de la journée, de toute façon.
— Non, je ne parle pas de la journée, Clarisse. Je te demande si tu restes. »

J'ai franchi un grand pas. Je viens en quelque sorte de demander à Clarisse d'habiter avec moi.

Tout cela est précipité, évidemment. Tout cela est déraisonnable, bien sûr.

C'est sans doute cela que l'on appelle l'amour.

J'ouvre la porte en silence, prends Louise par la main et l'invite d'un geste à me suivre. Pendant que je l'attire vers le lit, elle semble encore hésiter, malgré les heures que j'ai passées à la convaincre. Dans le noir, elle pose son autre main sur mon épaule, craignant sans doute de tomber. Peut-être également dans le but de se donner du courage pour la suite.

Quand le bout de ma chaussure heurte le pied du lit, je suis tout excité quant à la suite des événements.

Louise murmure à mon oreille :

« Tu es sûr que nous avons raison de faire ça ?

— Le meilleur moyen de le savoir, c'est de le faire tout de suite. Prête ? »

Je considère son silence comme un acquiescement. J'approche mon doigt de l'interrupteur, prends une grande inspiration et, au moment où j'allume la lumière, crie aussi fort que possible :

« Tu vois, Louise, il n'est pas aussi beau que ça, notre Mick ! »

Surpris par mon hurlement et par la lumière, Mick se réveille en sursaut, se frotte les yeux et me fixe comme si j'étais un extraterrestre.

« N'est-il pas mignon avec son petit pyjama ? Et puis, cette jolie trace de bave séchée sur le coin de sa bouche, qu'en dis-tu ? Tu sais, Louise, je me demande si tu n'es pas trop bien pour lui ! »

Elle met une main devant sa bouche et étouffe un rire. Mick comprend peu à peu ce qui lui arrive.

« Qu'est-ce que vous foutez là, bordel ? Euh, pardon, bonjour, Louise. Qu'est-ce que vous faites là ?

— Eh bien, Louise pensait que tu étais trop beau pour elle. Je me suis dit que te voir au réveil l'aiderait sans doute à relativiser… Qu'en dis-tu, Louise ?

— Eh bien, euh… Mick, je te jure que ce n'était pas mon idée !

— Je m'en doute, seul l'esprit démoniaque de mon ami pouvait imaginer un scénario pareil ! »

Pendant un instant, ils se regardent sans rien dire. Mick a le visage un peu gonflé par le sommeil, et la trace des draps encore bien imprimée sur sa joue gauche. Une magnifique houppette au sommet du crâne finit de lui donner un air des plus comique.

Nous nous regardons les uns les autres un instant, puis éclatons de rire. Mick se lève et se dirige vers la salle de bains.

« Bon, maintenant que vous avez bien ri, je vais quand même aller me passer sous l'eau et enfiler un tee-shirt ! Faites-vous un café, j'en ai pour deux minutes ! »

Louise a les yeux brillants et les joues rouges. Elle me sourit en plissant les yeux. J'allume la cafetière, et lui tend le double des clés de l'appartement de Mick.

« Je les récupérerai plus tard. Ou bien, qui sait, peut-être ne me les rendras-tu pas… »

Je me dirige vers la porte et lui adresse un signe de la main. Elle articule en silence un « *Ne me laisse pas toute seule* » que je fais mine de ne pas comprendre. Je lance à l'intention de Mick :

« Je vais faire un tour. À tout à l'heure ! »

Il sort précipitamment de la salle de bains, les cheveux encore humides et une serviette autour du cou :

« Où tu vas ?
— Eh bien, je vous laisse. Je suis sûr que vous avez des choses à vous dire… *Ciao !* »

En refermant la porte, je vois Louise et Mick se lancer un regard interrogateur. Ils ont l'air aussi intimidés l'un que l'autre. J'imagine qu'ils vont s'échanger quelques banalités au départ, émaillées de silences et de maladresses. Mais ensuite…

Ensuite, je suis certain que tout va bien se passer.

J'ai honoré ma promesse envers Clarisse. Enfin, à ma manière. J'ai décidé d'utiliser toutes les pages du carnet.

J'ai commencé, après mûre réflexion, par passer en revue toutes mes anciennes petites amies. Pas de scènes de sexe ni de sentiments forts, non, juste des souvenirs anodins.

Les revoir une dernière fois, pour mieux les oublier.

Quand j'ai constaté que tout cela ne m'avait amené que jusqu'à la page soixante-douze, j'ai secrètement espéré que ma mémoire m'ait fait défaut. J'ai ma petite fierté.

À ce stade, il me restait donc vingt-sept souvenirs à utiliser. C'était beaucoup.

Je dois l'avouer, j'ai fait n'importe quoi. Après mon obsession de les conserver précieusement, je n'avais plus qu'une idée en tête : dilapider mes souvenirs, en finir avec eux. Je me découvrais prodigue.

J'ai écrit tout ce qui me passait par la tête. J'ai revécu quelques Noëls et anniversaires de mon enfance, et j'ai été surpris par l'hystérie intérieure que me causait l'ouverture des cadeaux, l'arrachage frénétique du papier. Il faut dire que mes grands-parents nous gâtaient à un point quasiment déraisonnable. Ces joies bouillonnantes sans cesse renouvelées m'ont étonné : je ne les ai plus ressenties depuis.

Ensuite, j'ai vécu deux fous rires indescriptibles au collège et au lycée, ceux avec les profs les plus sévères, quand vraiment, mais alors vraiment, il ne faut surtout pas rire. Les meilleurs donc, ceux qu'on essaie de retenir et qui percent toutes les barrières de notre volonté pour, au bout de quelques minutes, sortir violemment dans un torrent de gloussements incontrôlables et de larmes de bonheur. Ces fous rires qui nous laissent les plus agréables maux qui soient : le ventre douloureux et la mâchoire engourdie.

Quelques jours plus tard, j'ai trouvé un nouveau filon : les plaisirs de la chère. J'ai eu la chance inouïe de revivre seconde après seconde, papille après papille, les délices prodigieuses des quatre repas les plus mémorables de mon existence. J'aurais voulu que cela ne s'arrête jamais.

Trois restaurants prestigieux et hors de prix, suivis d'un festin homérique préparé par grand-mère à l'occasion du soixantième anniversaire de papi – le tout dans la même journée – ont eu pour conséquence de me couper l'appétit pendant deux jours. Mes talents de chef ne soutenant pas la comparaison, j'ai vécu une sorte de chagrin d'amour culinaire, un *baby blues* de l'assiette.

Seul avantage de ma dépression postorgasmique, j'ai perdu deux kilos.

Nous avons décidé, avec Clarisse, que nos soirées précédentes ne comptaient pas. Ce soir est notre grande première, en quelque sorte. Je navigue, selon les instants, entre nervosité et apaisement.

Clarisse arrive avec deux films, et me prévient que des pizzas nous seront livrées dans une heure.

« J'ai aussi apporté quelques affaires. Tu es toujours d'accord, hein ?
— Tes affaires sont là-dedans ?
— Oui. Pourquoi tu fais cette tête ?
— Réponds-moi par oui ou par non : Clarisse, es-tu réellement une fille ?
— Oui.
— Alors qu'est-ce que c'est que ce sac minuscule ? Je m'attendais à quelque chose de beaucoup plus important, rempli d'objets et d'accessoires dont l'existence même serait une énigme pour moi !
— C'est parce que je n'ai pas osé…
— …

— Pour tout te dire, il y en a un autre dans ma voiture… avec plein de choses inutiles !

— Tu me rassures ! Va le chercher tout de suite ! »

Le temps du repas, j'entrevois ce que peut être la douceur d'une vie à deux : des sourires, de petits gestes, de la complicité. Nul besoin de disserter sur la force du lien qui nous unit, sur l'évidence d'être ensemble, sur notre entente exceptionnelle. Il suffit de le vivre.

« J'ai pris une comédie romantique pour moi, et un film d'horreur pour toi. Ça te va ? »

Cela me va, en effet, et même doublement. Je ne le lui avoue pas, mais j'aime aussi beaucoup les films dits « pour filles ». Il est de petits plaisirs coupables qu'il est de bon ton de garder pour soi.

Je vais chercher une couverture dans la chambre et nous nous enfonçons dans le canapé. Je nous emmitoufle tous les deux, prenant bien soin de remonter la couverture jusque sous son menton.

« Je lance le film ?

— Attends une seconde. Pour le bien de notre couple, je dois t'avouer une chose importante…

— Oui ?

— J'ai toujours, mais alors toujours, froid aux pieds ! »

Elle se penche vers son sac et en retire de petites chaussettes qu'elle enfile à toute vitesse. Je l'embrasse en souriant.

« Tu te sens mieux ?
— Presque ! »

Clarisse faufile ses pieds sous les miens, à l'abri du froid. Enfin à son aise, elle prend ma main, enlace mes doigts avec les siens.

Elle me demande si j'ai besoin de quelque chose.
Non, je n'ai besoin de rien.
Rien d'autre que cela.

Bien vite est arrivé le moment fatidique de la page quatre-vingt-neuf : il me restait dix souvenirs à dépenser. Je voyais la page quatre-vingt-dix-neuf se rapprocher avec un mélange d'impatience et d'appréhension. Mais je faisais cela par amour, convaincu du bien-fondé de ma démarche vis-à-vis de Clarisse.

Et puis, il me resterait de toute façon le centième souvenir, l'ultime, pour dans quelques années.

Des dizaines, je l'espérais.

J'ai pris le temps de la réflexion. Quels moments de sa vie doit-on absolument revivre ? Que ne faut-il surtout pas rater, pas oublier, sous peine de s'en mordre les doigts et de le regretter toujours ?

J'ai commencé par mes sœurs. Mais j'ai eu envie de vivre des moments avec chacune séparément, moments rares, leur gémellité fusionnelle m'ayant finalement empêché de les connaître autant que si elles avaient été dissemblables.

Il m'a donc fallu me creuser la tête, mais j'ai trouvé.

Un jour, lors d'une crise identitaire que Marie a traversée à l'adolescence, elle était partie à Londres pendant les vacances, sans *la photocopie* comme elle la nommait à ce moment-là. J'avais donc passé une semaine entière avec une Solène éplorée qui avait reporté toute son affection sur moi. J'ai vécu ces moments dans un mélange de tristesse pour ma sœur qui avait temporairement perdu son légendaire sourire, et de bonheur d'en avoir une rien que pour moi. J'ai bien senti que mon bonheur l'emportait sur le moment. J'étais déjà égoïste à cette époque, mais lorsqu'on est enfant, cela est moins grave, il me semble.

Au retour de Marie, Solène pour se venger avait demandé à partir chez une tante, seule également. Quitte à avoir mal encore, elle avait voulu donner une leçon à sa sœur, leçon efficace puisque j'ai vécu une seconde semaine de pleurs et d'affection débordante, à ma grande surprise. Ce n'est qu'en revivant ce souvenir que j'ai compris que, dans une vie à deux, celui qui souffre est celui qui reste.

Suite à cette expérience douloureuse, les velléités d'indépendance des jumelles se sont arrêtées net.

Pour le plaisir, j'ai aussi revécu un moment assez drôle, à l'âge de trois ou quatre ans, où Marie et Solène se sont amusées à me faire croire pendant quelque temps qu'elles étaient en fait trois, le tout à grand renfort de changements continuels de tenues et d'histoires d'hôpital improbables. J'avais bien un peu douté au départ, mais, lorsqu'elles m'ont demandé de ne surtout pas en parler aux grands-parents qui ignoraient tout de l'affaire et des subterfuges que les trois avaient dû mettre sur pied depuis leur naissance, la force du secret a achevé de me convaincre.

Avec Clarisse, tout s'est déroulé de manière très naturelle. Visite après visite, elle a apporté de plus en plus d'affaires. Il n'a plus été question de petits sacs, mais uniquement de gros. Puis, à leur tour, les gros sacs ont laissé leur place à d'autres. Énormes.

Elle passe de plus en plus de temps chez moi. Presque tout son temps, à vrai dire.

Très vite, j'ai eu l'impression que le quotidien avait toujours été là, comme s'il avait patiemment attendu que je lui fasse de la place. Clarisse et Charlotte se sont tout de suite adoptées. Il n'y a pas eu le moindre accroc entre elles. Uniquement de la tendresse.

Clarisse me fait sourire, souvent, à lire des histoires à Charlotte avec le plus grand sérieux, à lui apprendre les lettres, les chiffres.

Parfois, quand nous nous promenons tous les trois dans la rue, j'ai l'impression que nous sommes une famille.

Une famille heureuse.

Avec Clarisse, on ne se dit jamais *je t'aime*. Pas la peine.

C'est étrange, le bonheur.

Quand on est à sa recherche, il nous semble obscur, complexe, caché dans un endroit où on ne pourra jamais le trouver.

Quand on le vit, on comprend qu'il est lumineux, et simple. Surtout, on comprend que le bonheur n'était pas caché : il était juste protégé, enfoui à l'intérieur de l'autre. Le bonheur est un cadeau et, comme tout cadeau, il n'existe que s'il est offert à quelqu'un.

Avec Clarisse, on s'offre du bonheur, chaque jour.

Un des bonheurs que Clarisse m'offre régulièrement, c'est sa volonté tenace de me faire des blagues, qui n'a d'égale que son incapacité totale à les réussir. Son plaisir, c'est d'essayer de me piéger ; elle n'y parvient jamais, enchaînant fiasco sur fiasco, mais cela l'amuse quand même, et elle recommence sans cesse.

Les premières fois, elle m'appelait au travail, maquillait tant bien que mal sa voix et se faisait passer pour un client qui avait une requête invraisemblable. La toute première était, je crois, une prétendue patronne de marque de yaourts qui voulait absolument, pour sa prochaine publicité, une vingtaine d'éléphants ainsi que cent trente ragondins. Je n'ai pas marché une seconde, et lui ai fait remarquer que le secret d'une blague réussie, c'était la crédibilité.

Message reçu ? Pas une seconde !

Le lendemain même, elle imitait pitoyablement une voix d'homme qui voulait à tout prix des fourmis albinos. Le pire, c'est que quand je lui ai répondu : « Clarisse, je sais que c'est toi », elle est partie d'un fou rire impossible à arrêter. Et l'entendre rire m'a fait m'esclaffer, à mon tour.

Plus tard, il y a eu la vague des pseudo-lettres de sa mère qui me déclarait sa flamme et m'encourageait à quitter sa fille pour elle, vague suivie comme il se doit de lettres de son père lui aussi fou amoureux de moi – avec tout de même un bel effort de différenciation des écritures, je dois le reconnaître –, me proposant de partir ensemble à l'autre bout du monde.

Peu lui importe que je ne marche pas, le simple fait d'essayer la ravit.

Elle est comme ça, Clarisse.

Pour les dernières pages du carnet, il m'a paru évident de revoir des gens disparus. Des gens que j'aimais. J'ai donc choisi quelques moments avec notre copain d'adolescence, à Mick et moi. Nous avions rencontré Paul en sixième, et il nous faisait un peu peur au début tellement il était grand, gros et fort. Nous paraissions dix ans de moins que lui. Mais, dès que nous avons commencé à nous parler, nous sommes devenus inséparables. On nous appelait « les trois mousquetaires ».

Et puis, il y a eu sa leucémie, à quinze ans à peine.

J'ai revécu le moment où Paul nous a appris sa maladie. Quand il a prononcé le mot *leucémie*, nous n'avons pas vraiment réagi. Quand il nous a expliqué de quoi il s'agissait, Mick a pleuré. Quand il nous a dit qu'il était condamné, c'est moi qui ai pleuré. Puis je me suis révolté, on n'a pas le droit de mourir à quinze ans. J'ai crié qu'il y avait sûrement un médecin en Amérique capable de soigner cette saloperie, que j'allais en parler à mon grand-père et qu'il allait régler tout ça. Puis Paul m'a fait *non* de la tête et je me suis calmé. Je l'ai regardé, sur son lit d'hôpital : il était toujours aussi grand, mais il n'était plus très gros, et ses forces semblaient l'avoir quitté.

Nous nous sommes pris la main, tous les trois. Nous savions que c'était la fin des mousquetaires. Paul a reniflé et nous a dit :

« Bah, vous trouverez bien un autre Porthos, les gars ?

— Jamais. Des grands et forts comme toi, y en a pas d'autre.

— Alors peut-être un d'Artagnan ? Ils étaient quatre, en fait, les mousquetaires ! »

Mick a répondu cette phrase que je n'oublierai jamais :

« Oui. Mais toi, tu prenais la place pour deux. »

Je n'ai pas pu me résoudre à quitter Paul comme cela. C'était trop dur. C'est pour ça que j'ai voulu revivre notre concours de pastèques.

Un été, nous avions coupé des pastèques en deux, et nous étions lancé le défi de finir notre moitié le plus vite possible. Le tout sans les mains, évidemment. Penchés sur la table, le visage enfoui dans le fruit, chacun redoublait de voracité pour finir avant les autres. De temps en temps, nous relevions la tête pour nous regarder mutuellement, et nos faciès ruisselants de jus et parsemés de pépins nous faisaient rire aux éclats.

J'étais heureux. Heureux de garder de mon ami le plus beau souvenir qui soit : celui de son visage riant comme on peut rire à cet âge-là.

Les pages quatre-vingt-dix-sept et quatre-vingt-dix-huit ont été réservées à ma grand-mère, bien sûr.

L'avantage d'avoir eu une mamie pour maman, c'est que l'on additionne les bons côtés des deux. L'amour inconditionnel d'une mère, et l'amour gâteau d'une mamie. L'expression *mamie gâteau* est vraiment bien trouvée, car c'est comme cela que ma grand-mère me montrait son affection.

En me faisant des gâteaux.

J'ai d'abord revécu le souvenir d'un gâteau en forme de clown qu'elle avait mis des heures à me préparer, un jour où une mauvaise grippe m'avait empêché d'aller au cirque avec toute ma classe. J'en ai mangé autant que possible, en commençant par la tête ; mamie avait mis un bonbon à la fraise en guise de nez.

Elle me regardait me bâfrer, me tendait un verre de jus d'orange de temps à autre, quand j'avais du mal à tout avaler. J'ai vu sa tendresse. Sa patience, aussi. Autant d'images indélébiles de cette femme qui n'a jamais fait que m'aimer.

Mais j'avais envie d'une dernière chose, avec elle.

Il y a quelques jours, Clarisse a dormi chez ses parents. Seul dans mon lit, je savais que c'était le bon moment. Je n'y voyais quasiment rien dans la pénombre de ma chambre, mais ce que j'allais écrire était si simple que cela importait peu. Le principal était que je sois dans le noir, pour ne rien perdre de cet instant.

J'ai ouvert le carnet, et me suis appliqué à écrire aussi bien que possible :

98

Fa la Ninna

Après le noir, la seule lumière qui est venue émanait d'une lampe en forme de coccinelle, sur ma table de chevet. Je sentais mon corps minuscule dans ce grand lit, et le dessus-de-lit un peu rêche me chatouillait le menton.

Mamie était assise à côté de moi.

« Ferme les yeux, maintenant. »

Elle a passé sa main sur ma joue, et s'est mise à chanter doucement.

« *Fa la ninna*, fais dodo, dans les bras de ta mamie. *Fa la ninna*, joli bébé… »

J'ai tout de suite senti mon petit corps s'apaiser, se détendre.

« … *Fa la ninna*, bébé joli, fais dodo, fais dodo, dans les bras de ta mamie. »

Ma bouche s'est ouverte doucement, et une toute petite voix s'en est échappée :

« Encore, mamie. Encore…
— *Fa la ninna*, fais dodo, dans les bras de ta mamie… »

Mon petit corps s'est allégé jusqu'à ce que je ne le sente plus.
« *Fa la ninna*, bébé joli… »

Passé et présent se sont mêlés.

Au son de la douce voix de mamie, mon souvenir s'en est allé en même temps que le sommeil m'emportait.

Je crois que jamais plus je ne m'endormirai le cœur si léger, inondé de chaleur et d'amour.

Oui, vraiment, c'est formidable d'avoir eu une mamie pour maman.

À un détail près, peut-être : un jour, on se rend compte que, même si elle le voulait, une mamie ne pourrait pas rester auprès de nous assez longtemps.

Avant, j'aurais pensé que c'était beaucoup trop rapide. Acheter un appartement si grand, presque luxueux, ça ne me ressemblait pas. L'acheter comme ça, pratiquement sur un coup de tête, me correspondait encore moins. Pendant la visite, à peine entré je savais déjà que j'y vivrais. Je me suis projeté dans ce grand salon aux murs blancs et poutres apparentes, ai imaginé un coin cinéma après le petit dénivelé, au fond de la pièce. J'étais déjà chez moi.

Charlotte a choisi sa chambre, qu'il faudrait peindre en rose, bien entendu. Clarisse et moi avons décidé ensemble quelle pièce lui servirait d'atelier, puis avons longuement débattu de la disposition de la table et du canapé d'angle.

Oui, le moi d'avant aurait trouvé cela ridicule.

Clarisse a pris les choses en main tout de suite, se chargeant de la décoration, du choix des meubles et des menus travaux à effectuer. N'étant pas bricoleur pour un sou, je me suis dit que, décidément, la complémentarité avait du bon dans un couple.

La bonne entente est aussi de mise chez Mick et Louise. Tout s'est passé encore mieux que je ne l'aurais espéré.

Quand je les ai laissés ensemble, le jour de ma petite surprise, je pensais qu'ils apprendraient à se connaître un moment et, pourquoi pas, qu'ils se retrouveraient le soir même dans un restaurant, pour un dîner romantique.

Au lieu de ça, ils sont restés enfermés chez lui tout le week-end, sans voir la lumière du jour.

Ils n'ont pas fait l'amour durant ces deux jours, pourtant. Ils ont simplement parlé, et dormi dans les bras l'un de l'autre.

Aujourd'hui, Mick me dit être l'homme le plus heureux du monde quand Louise et lui partent ensemble le matin, prennent le même ascenseur et s'embrassent lorsqu'il sort un étage avant elle. Il vibre déjà, à cet instant, de la retrouver pour déjeuner, et ce plaisir de l'attente se reproduit tout l'après-midi jusqu'à leurs retrouvailles du soir.

Ils nous ont invités chez Mick – eux, ils disent « chez nous » – il y a quelques jours, et m'ont offert un cadeau. Une montre.

J'étais un peu gêné, et le seul mot qui est sorti de ma bouche a été « Merci ».

Un peu plus tard, lorsque nous nous sommes retrouvés seuls dans la cuisine, Louise m'a dit que l'idée venait d'elle.

« La montre, c'est une toute petite chose, je le sais bien. Mais elle symbolise toutes les secondes, les minutes, les heures de bonheur que tu m'as apportées avec Mick. Sans toi, je n'aurais pas vécu tout ça. »

Là, aucun mot n'est sorti de ma bouche. Mais Louise n'attendait rien.

Chaque semaine, Mick lui fait livrer un bouquet de fleurs.

Ça y est. J'y suis.

Il m'a fallu deux ou trois jours avant de me décider à vivre mon quatre-vingt-dix-neuvième souvenir. Même si je l'avais déjà choisi, c'est un peu dur pour moi d'en finir avec ce carnet, et surtout éprouvant de revoir grand-père, le grand-père que j'ai connu avant qu'il ne dépérisse.

Cette crainte est stupide, je le sais bien. Simplement, son image va, j'en suis sûr, raviver la culpabilité de mon absence à ses côtés lors de ses derniers jours.

Les jours où j'aurais dû être là.

Mais j'ai finalement pris mon courage à deux mains, et me voici assis dans l'obscurité, face à mon carnet. Les doigts un peu tremblants, j'écris ces quelques mots :

99

la partie de pêche avec papi

La lumière se fait sur mes deux petites jambes laissées à l'air libre par un short rouge un peu trop large. Entre elles, mes mains tiennent fermement une canne à pêche fabriquée à partir d'un long roseau.

L'interminable visière de ma casquette empêche le soleil de m'éblouir, et me permet de guetter les poissons inconscients qui s'aventurent à proximité de mon hameçon habilement camouflé par l'appât qu'y a accroché papi.

Quelques bouteilles d'eau, des sandwichs préparés par mamie, ainsi que l'indispensable épuisette complètent notre équipement de professionnels.

Ainsi armés, impossible de rater une prise à coup sûr énorme. Un requin, peut-être ? Si, si, il y a sans doute des requins cachés sous les rochers de cette mince rivière, profonde d'à peine un mètre. En tout cas, s'il y en a un, il est pour moi ! Ne suis-je pas le meilleur pêcheur du monde, comme me l'a un jour dit papi ?

Je tourne la tête vers mon grand-père qui, assis sur sa vieille chaise pliante, rallume pour la dixième fois le mégot jauni planté au coin de sa bouche. Il me fait signe du menton de ne pas quitter mon bouchon des yeux. Un vrai pêcheur ne regarde rien d'autre que son bouchon, c'est bien connu.

Le temps passe, uniquement rythmé par le bruit de l'eau et le clapotis d'une grenouille replongeant après avoir attrapé un moucheron au vol.

Moi, il me tarde que le bouchon rouge et vert tressaute légèrement. C'est ça, le signal, le début du grand moment. Ça veut dire qu'un poisson goûte à l'asticot.

Mais attention, il ne faut pas relever la canne à ce moment-là, surtout pas ! Il faut attendre un peu. Le moment le plus décisif, celui où, après avoir goûté, le poisson se décide à passer à table. Et là, hop ! Sous l'eau ! Le bouchon coule à pic, et il faut tirer fermement, sans hésiter, sous peine de rater la prise. Quand j'en attrape un, je suis fou de joie parce que je sais que mamie sera fière de me voir revenir triomphant de mon combat avec dame Nature, mon trophée à la main.

Ce qui est formidable avec grand-mère, c'est qu'avec un seul de mes poissons elle prépare un plat pour la famille entière, à cinq on ne le finit même pas ! Une de ses techniques secrètes, m'a-t-elle confié un jour.

Tout à coup, papi me siffle doucement et pointe l'eau du doigt. En me baissant un peu pour éviter le reflet du soleil sur la surface, je la vois.

La bête.

Elle tourne, fait mine de partir, puis revient à la charge, bien décidée cette fois. Là, le bouchon coule directement, il disparaît sous l'eau ! Je tire de toutes mes forces, surpris par tant de résistance de la part de mon adversaire. Ma canne se plie à tel point que je redoute qu'elle ne rompe, mais elle tient bon. Redoublant d'efforts, je réussis à hisser la bête hors de l'eau, et à la déposer tant bien que mal dans l'épuisette que papi tend dans ma direction.

Une fois l'épuisette posée sur l'herbe, j'observe ma prise avec fierté. Ce n'est pas un requin, mais pas loin ! Je suis sûr qu'il doit être de la famille en tout cas, un *requinacé* des rivières, sans doute le plus rare ! Quelle belle prise, mamie va être folle de joie ! Il y en a au moins pour deux jours de ripaille, on pourra même inviter les voisins !

Papi me regarde, et écarquille les sourcils en hochant la tête, l'air impressionné. C'est le plus gros poisson qu'il a jamais vu, j'en suis certain.

Il me caresse la tête en décoiffant un peu mes cheveux, puis m'attire vers lui.

Je pose mon visage contre son ventre et l'enserre de mes petits bras.

Je ferme les yeux.

On ne se dit pas un mot.

Je suis le plus heureux des enfants.

Je ne pleure pas lorsque la vue me revient. Au contraire, je souris. Comme si son souvenir, notre amour calme à tous les deux, m'avait pardonné.

Je repense à ce qu'il m'a écrit à la toute fin de sa lettre, celle que m'a fait lire le notaire deux jours après la succession :

P.-S. Souviens-toi de moi.

Il savait, en écrivant ces mots, que j'utiliserais le carnet pour le revoir, me souvenir de lui. Je l'avais bien aperçu avec mamie face à l'océan, mais cette fois c'est différent. Cette fois, je l'ai retrouvé. Ou plutôt, nous nous sommes retrouvés. Comme un père et son fils. Je comprends que c'était cela, son héritage : un amour qui a fait de moi l'homme que je suis.

Je me surprends à m'adresser à lui à voix haute, les yeux au ciel :

« Merci, papi. Merci de tout ce que tu m'as laissé. »

Je referme le carnet, remets les élastiques autour. C'en est fini pour de bon.

Je pense à Clarisse. En finir avec ce carnet, c'est comme lui dire *je t'aime*, mais sans qu'elle le sache.

C'est fait maintenant. Je cache le calepin dans une boîte à chaussures, que je rebaptise *boîte à souvenirs* pour l'occasion. J'y glisse une photo de Clarisse, Charlotte et moi à la fête foraine, sur laquelle Charlotte tient entre ses bras un ours en peluche deux fois plus gros qu'elle. La boîte me paraît un peu vide, mais elle se remplira sans doute avec le temps. Peut-être même sans que je m'en aperçoive.

Dans une sorte de cérémonial, j'entoure la boîte de ruban adhésif et la remise dans le fond d'une armoire, sur la plus haute étagère.

Quand je referme la porte du vieux meuble, les quelques grammes de ce carnet allègent immédiatement mon esprit.

Seul un poids infinitésimal restera désormais en moi pour le reste de ma vie : le poids d'une page blanche.

La page cent.

Mon dernier souvenir.

Les menus travaux du nouvel appartement avancent bien, Clarisse se montrant d'une efficacité redoutable. Ce qui m'impressionne le plus chez elle, c'est que, non contente de savoir précisément l'utilité d'outils aux formes improbables, elle connaît aussi leur nom ! Pour moi, cela tient de la science-fiction.

Hier, elle a prononcé une phrase que jamais, au grand jamais je n'aurais imaginé entendre :

« Tu peux me passer la palette à maroufler, s'il te plaît ? »

J'en suis resté coi. En conséquence, elle est descendue de l'escabeau pour aller chercher elle-même la fameuse palette à je-ne-sais-quoi dans *sa* boîte à outils.

Cela aussi est proprement incroyable : Clarisse a une boîte à outils à elle. La sienne.

Respect.

Le partage de nos tâches est assez symbolique, il me semble : je m'affaire à vider peu à peu mon ancien appartement pendant qu'elle s'occupe du nouveau. J'en finis avec mon passé pendant qu'elle construit notre avenir. Et je l'appelle régulièrement pour m'enquérir de ses éventuels besoins. Ma seule crainte est qu'elle me demande de lui rendre service en allant acheter de quoi bricoler dans un de ces immenses dépôts où il m'est rigoureusement impossible de trouver quoi que ce soit.

« Allô, Clarisse, c'est moi ! Tout se passe bien, tu as besoin que je vienne t'aider ?

— Non, mon cœur, merci. J'ai beaucoup avancé, tu vas être content. J'ai fini de peindre la dernière chambre, j'arrive dans cinq minutes !

— Super, il me tarde que… Ah ! attends, on sonne. Je te laisse, je vais ouvrir, bisou, ma beauté !

— Bisou ! »

En ce moment, ça n'arrête pas. Jamais autant de monde n'est passé chez moi que ces derniers temps. Entre Mick et Louise toujours bras dessus, bras dessous, mes sœurs qui rivalisent de cadeaux pour Charlotte et les parents de Clarisse…

« Salut !

— Julia ? Pourquoi tu es venue ?

— D'abord, on dit bonjour, malpoli !

— Oui, bonjour. Charlotte a un problème ? Elle est malade ?

— Non, elle va bien, ta fille… Mais je voulais te voir.

— À propos de quoi ?

— J'aimerais qu'on se parle tous les deux. Clarisse n'est pas là ?

— Elle arrive dans quelques minutes.

— Je me contenterai de quelques minutes… Tu veux bien m'offrir un verre ? »

Sans attendre ma réponse, Julia s'assoit dans le canapé et, comme à son habitude, commence à me raconter ses problèmes.

« Robbie et moi, c'est fini. Et pour de bon cette fois.

— Ah.

— Je ne sais pas ce qui m'a pris de me remettre avec ce type, c'est un loser de toute façon. Et donc je me disais… C'est pas sérieux, avec ta Clarisse, si ?

— C'est même très sérieux. D'ailleurs, on déménage d'ici une dizaine de jours.

— Oui, Charlotte m'a dit que ton nouvel appart était très grand, et que sa chambre serait super. Vous l'avez acheté à deux ?

— Non, j'avais l'héritage de Sylvio. Mais c'est tout comme, de toute façon.

— Tu sais, ça m'étonne un peu de te voir avec une fille comme elle.

— C'est-à-dire ?

— Je sais pas, c'est pas pour dire du mal d'elle mais elle est très commune, des filles comme elle y en a à tous les coins de rue…

— Non, pas du tout.

— Tu vas pas me dire que tu la trouves aussi sexy que moi, dis ? »

Elle pose la main sur mon avant-bras, et joue un peu des hanches pour venir se coller à moi.

« À quoi tu joues ?

— À rien… Imagine, toi, moi et Charlotte dans ton nouvel appartement. Tous les trois…

— N'y pense même pas, Julia.

— Allons, regarde les choses en face… Cette fille n'a rien pour elle. »

Elle s'approche encore un peu plus de moi. Je sens son souffle chaud, et ce parfum que je connais si bien.

Ce parfum…

Le parfum que je lui avais offert le soir de son anniversaire.

Le soir où elle a ouvertement dragué mon beau-frère…

En un instant, les images me reviennent. Tout ce que j'ai revu récemment, tout ce qui me dégoûte chez elle. En un flash, tout ce qu'est profondément Julia passe devant mes yeux. Ses mensonges. Sa trahison.

« Au contraire, Julia. Clarisse a tout. Tout ce que tu n'as pas… »

Elle me fusille du regard. Je crois qu'elle a compris qu'elle ne pourrait rien faire pour nous séparer. Enfin.

Au même instant, j'entends une clé pénétrer dans la serrure de la porte d'entrée.

« C'est elle qui arrive ? C'est ta miss perfection ?
— Oui. Allez, écarte-toi un peu, s'il te plaît. »

Julia ne s'écarte pas.

Je vois ses mains saisir le bas de son pull et, là, je comprends.

Je sais déjà que je n'aurai pas le temps de faire quoi que ce soit. Je deviens spectateur, comme si je fonctionnais au ralenti dans un monde où tout va vite.

Trop vite.

Pendant que la clé tourne dans la serrure, Julia enlève son pull et le jette en l'air. Elle ne porte rien, en dessous.

Le pull n'a pas encore touché le sol que les mains de Julia s'approchent de ma chemise.

La poignée s'abaisse.

Julia empoigne les pans de ma chemise et les écarte violemment.

Quelques boutons sautent.

La porte s'ouvre.

Clarisse entre et ses yeux se dirigent vers Julia et moi.

Un des boutons roule sur le sol.

« Mon chéri, je… »

Elle interrompt sa phrase en même temps que tout son corps s'immobilise. Son regard s'arrête un instant sur Julia à demi nue, puis sur ma chemise ouverte.

Pas besoin d'aller chercher plus loin. Cet instantané de nos deux corps si proches et à moitié déshabillés suffit à me condamner dans l'instant.

« Attends, Clarisse, je vais t'expliquer… »

La tristesse que je vois sur son visage m'empêche de continuer. Tout le chagrin, toute la déception du monde se dessinent sur ses traits.

Elle se retourne, et part en courant.

« Clarisse, c'est le dixième message que je te laisse, réponds-moi s'il te plaît ! Elle a fait cette mise en scène pour nous séparer, tu comprends ? Il ne s'est rien passé. Il faut que tu me croies. »

J'ai appelé vingt, trente fois.

J'ai appelé ses parents. Rien.

J'ai appelé Mick. Il n'arrivait pas à la joindre non plus.

Je suis allé chez elle, passé à notre nouvel appartement, suis retourné à l'actuel. Elle n'était nulle part.

J'ai rappelé vingt, trente fois…

Rien.

Mick m'a rejoint, je lui ai tout expliqué. Il est resté avec moi à attendre, à m'écouter, à me dire que passé la colère Clarisse comprendrait, y verrait clair dans le jeu de Julia. Je ne sais pas s'il y croyait vraiment, mais c'est ce que j'avais besoin d'entendre.

La soirée s'écoule ainsi, rythmée par mes coups de téléphone, noyée dans le son d'une télévision qui ne parvient pas à capter notre attention.

Je ne sais pas où je regarde. Je crois que je ne vois plus rien.

Mick vient de partir quand, enfin, le téléphone sonne. Clarisse me rappelle :

« Clarisse, qu'est-ce que tu…

— Ne te fatigue pas. J'appelle juste pour te dire adieu.

— Mais laisse-moi au moins m'expliquer, tu ne peux pas me quitter comme ça !

— Je ne te quitte pas, je te dis juste adieu.

— Qu'est-ce que ça veut dire ? Tu m'inquiètes, Clarisse.

— J'en ai assez. Je suis fatiguée de ne pas être heureuse. Je crois que je ne le serai jamais.

— Tu ne vas pas faire une bêtise ?

— Elle est déjà faite. Je voulais juste entendre ta voix une dernière fois…

— Clarisse, dis-moi où tu es, j'arrive tout de suite !

— C'est trop tard, je crois.

— Il n'est jamais trop tard, dis-moi où tu es !

— Ça ne servira à rien, mais si tu y tiens… Je suis là où tout a commencé entre nous.

— Quoi, au restaurant ?

— Non, là où tout a vraiment commencé. Notre première nuit. J'avais envie que les choses s'arrêtent dans le lit où j'ai pour la première fois dormi avec toi, contre toi. J'étais tellement heureuse ce soir-là…

— Tu parles de l'hôtel ? Mais je ne me rappelle pas où c'était, je…

— Alors tant pis. C'est que ça n'en valait pas la peine. Adieu. »

Elle raccroche. Je rappelle tout de suite, mais elle ne répond pas.

Maintenant, il faut que je fasse vite.

L'hôtel où on a dormi, l'hôtel où on a dormi… J'étais complètement soûl, je ne me souviens de rien ! Putain d'alcool !

J'espère que Clarisse ne m'a pas dit la vérité, elle ne compte pas mourir, pas pour une bêtise pareille ! On ne va pas passer à côté de notre vie pour une erreur que je n'ai pas commise…

Non, c'est injuste !

Allez, rappelle-toi, rappelle-toi… On est partis dans quelle direction en sortant de la boîte ? Je ne me rappelle même pas en être sorti…

Vite, vite, fais un effort…

Le trajet du retour alors, je pourrais le faire à l'envers ! Le matin, ça me revient, j'étais monté dans un taxi qui m'avait ramené chez moi, et puis…

Et puis…

Oh ! non, j'avais l'esprit encore tellement embué que je n'ai pas regardé la route, pas gardé le moindre souvenir du trajet, ni même du quartier, pas le moindre…

Pas le moindre souvenir. Le souvenir…

Mais oui, c'est cela qui va la sauver !

Mon dernier souvenir.

Le carnet est dans l'armoire !

Qu'est-ce qui m'a pris d'entourer cette boîte à chaussures de scotch ? Je perds de précieuses secondes à tout arracher, des secondes qui pourraient peut-être la sauver.

Enfin, j'ai mon carnet entre les mains.

Vite, un stylo, vite…

100

de la boîte jusqu'à
la chambre
d'hôtel, avec
Clarisse

Pour la première fois, le noir n'annonce aucun plaisir, aucune émotion.

Pour la première fois, ce n'est pas le souvenir qui compte, mais l'avenir.

Ornella avait raison.

Le trajet est trop long, beaucoup trop long. Pendant que je donne les instructions au chauffeur de taxi qui ne comprend pas où je veux en venir – ni où je veux aller –, je me concentre afin de revoir les détails importants du souvenir que je viens de revivre.

« Là, à droite, prenez à droite ! »

Ensuite, on roule tout droit un bon moment jusqu'au croisement où il y avait la…

« La pharmacie, prenez la rue de la pharmacie ! Mais accélérez, bordel ! »

On passe un pont, quelques feux… Je réentends la voix de Clarisse me dire : « Je dormirais bien ici, mais je crois qu'on n'a pas les moyens… »

« Là, le palace !
— Je vous dépose devant, monsieur ?
— Mais non ! Continuez tout droit, plus vite, on est presque arrivés ! »

À l’angle, oui, c’est bien cette rue, le restaurant avec les éclairages bleutés.

« Laissez-moi là ! Et gardez tout ! »

Je remonte la rue en courant aussi vite que possible.

Enfin, je la vois, je la reconnais. L’enseigne rouge de l’hôtel.

J’entre en trombe et m’engouffre dans l’ascenseur.

Je revois le bouton 4 s’allumer sous la pression du doigt de Clarisse, avant qu’elle ne se retourne pour m’embrasser.

J’appuie. Plus que quatre étages.

Les quelques secondes que dure la montée me paraissent interminables. J'arrive, Clarisse. Je suis là.

Je t'aime, Clarisse, je vais te l'écrire, je vais te le dire des centaines, des milliers de fois.

Je lève les yeux vers le petit écran. Le 1 se transforme en 2.

Ce n'est pas moi qui ai brisé ton cœur cette fois, c'est Julia. Cela n'arrivera plus, je te le promets. Je t'aime tellement que je saurai te protéger de tout.

Le 2 devient un 3.

Cette fille ne compte pas, il n'y a que toi qui comptes, je l'ai repoussée, je te le jure. Elle n'est rien comparée à toi.

Enfin, 4. Les portes s'ouvrent.

Je cours jusqu'à la chambre 42. La porte n'est pas verrouillée.

« Clarisse ? »

Elle est allongée, immobile, les yeux fermés.

Au pied du lit, des emballages de médicaments, par dizaines. Les tubes et les plaquettes sont vides, tous. Sur la table de chevet, un grand verre et une bouteille d'eau. Vides eux aussi.

Dans la main gauche, elle tient un petit carnet. Un carnet qui ressemble au mien.

Clarisse est blanche.

Je m'approche d'elle.

Je caresse son visage.

Je l'embrasse.

J'appelle les secours.

Il est trop tard.

Je crie.

Les murs blancs de l'hôpital résonnent des pleurs de la mère de Clarisse. Au fond du couloir, j'entends un médecin lui dire :

« À quelques minutes près… »

Elle redouble de larmes, et son mari lui tend un mouchoir dans lequel elle enfouit son visage.

Quelques minutes.

Si je n'avais pas été soûl, ce soir-là, je me serais souvenu. Je n'aurais pas perdu deux bonnes minutes à ouvrir la boîte à chaussures, à chercher un stylo pour écrire dans mon carnet…

Et puis, combien de temps mon souvenir a-t-il duré dans la réalité ? Je n'en ai jamais rien su. Il a suffi qu'il me fasse perdre trois ou quatre minutes de plus, et voilà…

Clarisse est morte à cause de moi depuis le début, finalement. Depuis cette première nuit.

Les parents de Clarisse s'avancent vers moi, ils se soutiennent l'un l'autre, pleurent ensemble. Je n'arriverai pas à supporter la confrontation avec eux. Je me lève, cherche un couloir vide et me recroqueville dans un coïn mal éclairé.

Je ne leur ai rien dit pour le carnet qu'elle avait dans la main. Avant que les secours arrivent, je l'ai glissé dans ma poche.

Je vais lire, maintenant. Il faut que je souffre, que j'aie mal d'être ce que j'ai été, d'être ce que je suis. Puis je leur avouerai. Je reconnaîtrai mes torts.

Je l'ouvre.

Bonjour, petit carnet. Je te crée aujourd'hui en espérant que tu me sois aussi précieux que ton jumeau l'a été pour l'homme que j'aime. L'homme que j'ai tant aimé. Mais lui ne m'aime pas. Je pensais que tout allait bien entre nous, on allait avoir notre appartement, notre vie, une petite famille... J'aurais dû comprendre quand il a effacé ce que je lui avais écrit, il doit être incapable de m'aimer. D'ailleurs, il ne me l'a jamais dit. Tu sais, je n'ai jamais été heureuse en amour, aucun homme ne m'a dit je t'aime.

Tant pis pour moi, c'est ma faute. Je l'ai trop aimé, j'ai trop voulu y croire. Et j'y ai cru. Ces derniers temps, j'étais si heureuse... Je suppose que je n'étais pas assez belle pour lui, il voulait Julia, elle est tellement parfaite... Et puis, c'est la mère de Charlotte, je ne peux pas lutter contre ça... Tu ne peux pas t'imaginer à quel point ça m'a fait mal de les voir ensemble.

Maintenant, c'est foutu, trop tard.

Avant de commencer à écrire sur tes pages, j'ai avalé tous les médicaments que j'ai achetés à la pharmacie d'en bas. Ça fait beaucoup, je n'avais pas faim en plus. Mais rassure-toi, je fais les choses bien, j'ai pris tous les somnifères en premier. Comme ça, tu me verras m'endormir, ce sera joli et sans souffrance. Si tu étais vivant, petit carnet, essaierais-tu de me sauver ?

Les gens se demandent toujours si le suicide est un acte de courage ou de lâcheté. Dans mon cas, c'est de la lâcheté, je n'ai pas honte de le dire. J'en ai assez de souffrir à cause de lui, j'ai tellement espéré que je n'espère plus rien. Je l'ai tellement aimé que je ne m'aime plus. Je n'ai plus envie de rien, donc je ne veux plus rien vivre. Je m'en veux pour mes parents, je crois qu'ils vont être détruits à cause de moi. Ils ne comprendront jamais pourquoi j'ai fait ça. Je voudrais qu'ils ne soient pas tristes, qu'ils sachent que ce n'est pas leur faute. Mais ça ne sert à rien, l'amour rend égoïste. Ils préféreraient me savoir malheureuse et vivante que libérée et morte. C'est normal. Moi aussi, je suis égoïste, je préfère leur souffrance à la mienne. Qui a tort, qui est le plus à blâmer ? Moi, sans doute. Parce que j'ai choisi de partir.

Je commence à avoir sommeil déjà. Je crois que je ne pourrai pas écrire aussi longtemps que je le voulais.

Tu n'as pas la chance de connaître cette sensation qu'on ressent lorsqu'on est sur le point de s'endormir, à l'extrême limite entre la conscience et le vide. C'est un bien-être absolu, qui ne s'explique pas. Moi, je crois que c'est ça la mort, la sensation de vivre éternellement ce moment-là.

Je n'ai pas peur, tu sais.

Voilà, je crois que c'est la fin. Je vais fermer les yeux et me laisser partir. Au revoir.

Dernière chose : j'ai confiance en toi, petit carnet, tu le sais. Alors, je suis sûre que toi, tu n'effaceras pas ces quelques mots que j'écris pour lui.

Mes derniers mots :

Je t'aime

Ma vie est différente depuis quelques mois. J'avais beau avoir fini le carnet, je pensais à lui, souvent. Ce n'est pas qu'il me manquait, non, mais je m'interrogeais sur ce que j'allais en faire, plus tard.

Devais-je le garder au fond d'un placard, dans sa boîte à chaussures, pour le léguer plus tard à Charlotte ?

Car maintenant qu'elle l'a utilisé, je sais bien que je ne pourrai pas le donner à mon fils.

Mon fils…

Quand nous avons appris que ce serait un garçon, j'en ai pleuré de joie. Une fille puis un garçon, je ne pouvais rêver mieux. Nous avons déjà trouvé le prénom : il s'appellera Sylvio.

Chaque jour, je regarde son ventre et j'ai l'impression de voir mon fils grandir en elle.

Dire que j'aurais pu ne jamais vivre tout cela…

Dire que ce bonheur n'a tenu qu'à quelques minutes…

C'est ce qu'avait dit le médecin :

« À quelques minutes près… »

J'ai d'abord pensé que c'était grâce au carnet que j'avais sauvé Clarisse, que lui et lui seul m'avait fait gagner ces précieuses minutes grâce auxquelles les médecins avaient pu faire repartir son cœur.

Pourtant, j'ai compris par la suite que, sans lui, tout cela ne serait pas arrivé.

En effaçant son « Je t'aime », il avait failli effacer Clarisse de mon existence.

Bien sûr, il a fait entrer Charlotte dans ma vie, et je lui en serai éternellement reconnaissant. Mais je sais bien que c'est par accident qu'il m'a fait voir l'avenir en ma fille…

Alors, mon carnet doit-il faire voir le passé à Charlotte ?

Ai-je envie que ma fille se retourne trop souvent ?

Ce soir, cela fait exactement un an que j'en ai hérité. Une année avec lui entre mes mains. J'ai donc décidé de fêter ça à ma manière.

Comme pour tout anniversaire qui se respecte, il fallait une bougie. Au milieu de la nuit, dans l'obscurité et le silence de mon salon, j'en ai allumé une, et l'ai posée sur la table, face à moi. J'ai retiré les élastiques autour du carnet, et l'ai ouvert. Puis j'en ai arraché la première page avec soin. Mon tout premier souvenir, *Le cours de flûte de Mme Frasier*. J'ai approché la feuille de la flamme orangée, qui a très vite grandi en courant sur le papier. Quand j'ai senti la chaleur lécher le bout de mes doigts, j'ai jeté le coin restant dans la corbeille et l'ai regardé finir de se consumer.

J'ai ensuite arraché mon deuxième souvenir, *Ma rencontre avec Julia*, et ai fait de même que pour le premier.

Page après page, j'ai brûlé mes souvenirs un à un.

Arrivé à la page cinquante, j'ai regardé avec émotion le dessin de Charlotte, ces deux personnages filiformes, et le ballon entre eux.

Le premier dessin que m'ait fait ma fille.

J'ai arraché la page, mais ne l'ai pas brûlée. Je me suis contenté de la plier en deux, et de la glisser dans la poche intérieure de ma veste, là où était mon carnet, avant.

Tout contre mon cœur.

Puis j'ai continué mon cérémonial, offrant chaque feuille de papier à la flamme. Cela a mis beaucoup de temps.

Mais je n'étais pas pressé. Au contraire, je savourais le sacrifice de chacun, comme l'on danse autour d'un feu de joie.

Arrivé à la page cent, j'ai su que j'avais pris la bonne décision : tout brûler pour recommencer ma vie de zéro.

Ou plutôt, pour recommencer ma vie à quatre.

Alors, j'ai vu l'avenir.

Un avenir rêvé, où Clarisse et moi apprenons à nos enfants à jouer de la flûte, où nous leur offrons un chien qu'ils seront fiers de promener ; un avenir où nous leur chantons une berceuse italienne, le soir après une fructueuse partie de pêche.

Un avenir où Clarisse et moi, main dans la main, faisons face à l'océan.

Dans cet avenir, il n'y avait pas de place pour le carnet. Il n'était pas question que je perpétue cette tradition du cadeau empoisonné.

Au lieu de cela, je tenterai seulement, jour après jour, de léguer à mes enfants tout ce que grand-père m'a laissé : un héritage de sentiments.

Composé par Nord Compo
à Villeneuve-d'Ascq (Nord)

Imprimé en Allemagne par
GGP Media GmbH, Pößneck
en février 2011

POCKET – 12, avenue d'Italie – 75627 Paris cedex 13

Dépôt légal : mars 2011
S20424/01